魔幻偵探所

48

魅影娃娃

關景峰 著

新雅文化事業有限公司
www.sunya.com.hk

魔幻偵探所

人物介紹

南森

身分：魔幻偵探所創辦人、領頭羊

年齡：120歲

畢業學校：斯塔福德學院（伏魔系）

學位：博士

捉妖經驗：108年，獲得「捉妖能手」、「怪獸剋星」等稱號

性格：遇事鎮定、善於思考，生氣時聽到幾句好話氣就消了

最具殺傷力的武器：
顯形粉、捆妖繩、無影鋼鐵牆

海倫

身分：魔幻偵探所成員，南森的得力助手

年齡：13歲

畢業學校：劍橋大學（法術系）

學位：學士

捉妖經驗：1 年

性格：開朗、逢事觀察細緻，吵架時總讓着本傑明

最具殺傷力的武器：捆妖繩、凝固氣流彈

本傑明

身分：魔幻偵探所實習生

年齡：11 歲

就讀學校：牛津大學（捉妖系）

捉妖經驗： 3 個月

性格：聰明淘氣、遇事毛躁

最厲害的戰術：非常規戰術

派恩

身分：魔幻偵探所實習生

年齡：10歲

就讀學校：倫敦大學魔法學院
（反幽靈技術系）

捉妖經驗：1個月

性格：聰明活潑，非常好勝，有時候喜歡誇誇其談

保羅

身分：魔幻偵探所機械狗

年齡：100 歲

工作能力：無所不知的電腦資料庫，善於用百分比分析事物

性格：異想天開、調皮、懶惰

最喜歡的食物：潤滑油

最具殺傷力的武器：追妖導彈

特級裝備

捆妖繩

能夠對準魔怪迅速旋轉收縮，將它捆緊綁實，繩子一旦落到魔怪身上，就像嵌入肉裏，魔怪越掙脱綁得越緊，當然放繩子時可要放得準才行。

無影鋼鐵牆

這堵牆其實就是氣流，它把氣流變成了無影無形的鋼鐵牆壁，能將敵人困在其中，衝不出去。

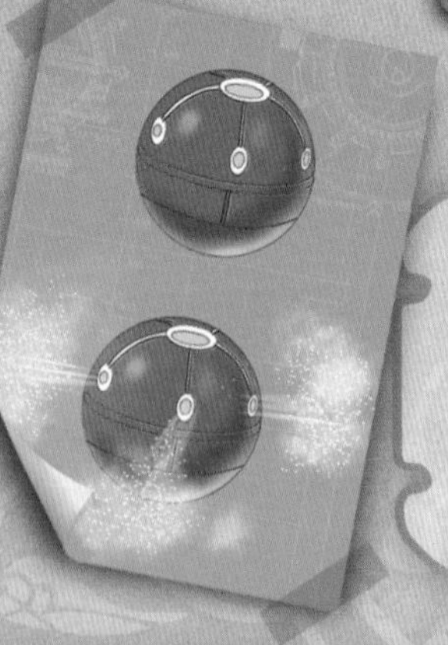

顯形粉

這是一種非常神奇的粉末，即使魔怪偽裝、隱形了也完全能顯現出它的原形。對了，「顯形」就是「現出原形」的意思！

裝魔瓶

能把魔怪收進裏面，使其在三天內化成清水的神奇瓶子。即使魔怪身形再龐大，也能收進瓶內。

幽靈雷達

能夠準確測定氣流存在的方位，並及時發出警報的裝置。它能跟蹤、測定魔怪在哪裏。不過，如果魔怪的魔力非常強，幽靈雷達有時候也可能測不到，它的更強大的功能還有待你去改進！

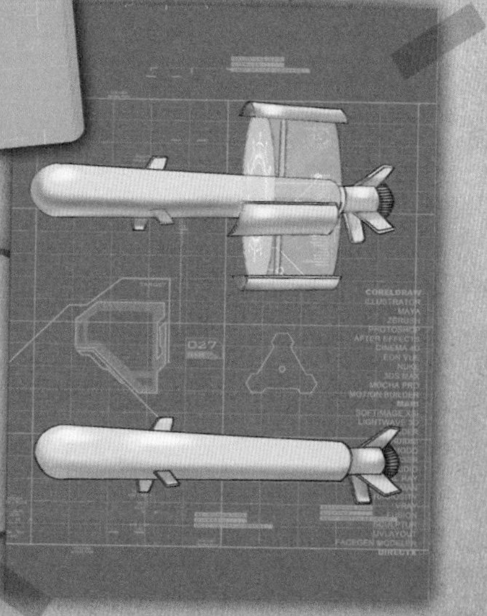

追妖導彈

能夠自動尋找魔怪，進行智能追蹤的導彈，這種導彈威力比較大，一般魔怪根本抵抗不了。

魔幻偵探開始行動！

目錄

第一章　來自雷丁的人

一束陽光斜射進偵探所裏，整個房間因為陽光，都變得暖洋洋的。這是一個悠閒的午後。派恩懶懶地靠在沙發上，海倫在為大家準備下午茶。南森帶着本傑明去購物了。

「保羅，你不要在那裏跳來跳去的，我看着眼暈。」派恩對身邊不遠處的保羅說道，「安靜地躺一會不好嗎？」

「我要運動一下筋骨。」保羅說着又從地面跳到了窗台上，「博士給我換了新的傳動構件和軸承，我要多運動，幫助機械磨合。」

「喝茶啦。」海倫把倒好的一杯茶往前一推，「派恩，你的口氣倒是像個家長一樣，保羅可是比你大多了。」

「我只是在講一個事實，和年齡無關。」派恩說着起來端起了那杯茶，喝了一口，「不過說起家長，我記得一年級的時候，老師說很不滿意我的表現，請我的家長去學校談談，我對她說，我也對你不滿意，但是我並沒有叫你的家長去我家談談。」

「派恩，你……」海倫很是驚異地看着派恩，隨後一臉無奈，「派恩，我現在很同情你的小學老師們，真的。」

「我也是。」派恩說着大笑起來。

正在這時，門鈴聲響起來，那聲音很是急促。海倫連忙衝過去，打開了門。保羅也跟在海倫身後，看着門那裏。

「閃一下，閃一下。」本傑明手裏捧着一個盒子，急匆匆地往裏跑。

本傑明看到了保羅，保羅站在那裏並沒有躲避，本傑明稍微一轉身子，撞了在桌子上，口袋裏的手機掉了在地上，同時掉出來的還有幾枚硬幣。

「嗨，本傑明，捧着炸彈嗎？」派恩大叫起來，「看看你，手機掉出來了，『電話費』也掉出來了。」

「海倫，幫我撿一下。」本傑明捧着盒子衝進了廚房。

海倫把手機和硬幣撿起來放到了桌子上。半分鐘不到，本傑明從裏面走了出來。

「保羅，幹嗎擋着我？」本傑明走到客廳，看看保羅，隨後看看海倫和派恩，「我們買的冰淇淋，沒想到天氣這麼熱，走到半路上，冰淇淋就開始化了，我要快點回來把冰淇淋放到冰箱裏。派恩，沒你的份。」

派恩知道本傑明故意這樣說，沒有反駁，只是「哼」了一聲。

「博士呢？」海倫問道。

「遇到了亨特先生，他們在路邊説話，馬上回來。」

這時，門鈴又響了起來。本傑明説博士回來了，海倫連忙去開門。

「博士……」海倫打開門，説道，不過隨即愣住了。

門口的人個子很高，瘦瘦的，棕紅色頭髮，一臉的侷促，他的年紀在三十歲左右。

「噢，博士，出去這麼一會，就變高了。」端着茶杯的派恩看向大門，叫道，「你是怎麼做到的？看上去你沒有在使用魔法。」

「派恩——」海倫扭頭，瞪了派恩一眼，隨後轉向那人，「你好，請問你找誰？」

「你好，我是帕頓，我來找南森博士。」那人微微點頭，保持着侷促的神態，「請問博士在嗎？」

「剛才不在，現在在了。」海倫指了指那人的身後。

南森博士提着一個袋子，不緊不慢地走了回來。帕頓先生回頭看到了南森博士，立即鞠躬。

「是找我的嗎？」南森連忙說，隨即也微微鞠躬，帕頓的禮數有些大，弄得南森有些不自然。

帕頓看見南森，連忙自我介紹，他和南森一起進了房間，海倫把南森的袋子拿進了廚房。本傑明讓帕頓坐在了茶几旁邊，會說話的茶几端上了一杯茶。

南森把手機放回到房間裏充電，出來的時候，他看見本傑明和派恩已經圍着帕頓坐好了。帕頓絕對是心事重重的。

「來自雷丁的帕頓先生，請不要緊張，到了我這裏，什麼事都好解決的。」南森緩和着氣氛，「當然，和我借一億鎊除外。」

「魔法大師呀！」帕頓驚叫起來，「你怎麼知道我來自雷丁？」

「門口我的車位恰巧停了一輛車牌顯示『雷丁』地區的車。」南森笑了笑，「我想那一定是你的車了，周圍的車都是倫敦牌號。」

「噢，原來是這樣。」帕頓點了點頭，「那就是我的車，我從雷丁來的。」

「那麼，有什麼事情，請講吧。」南森坐在了一把椅子上，認真地看着帕頓。

「一件令我感到很害怕的事。」帕頓看了看大家，海倫走過來站在了南森的身後，「其實……是我在女兒的玩具櫃子裏，發現了一個不大的玩具娃娃，我從來沒有給她買過這個娃娃，我女兒說這個娃娃是自己到我家的。當然，這是一個不到六歲孩子的話，也許是她哪個小朋友到我家來，沒有拿走。但是那是個能說話的娃娃，上面有個開關，按下去後娃娃說『六歲生日來到，芳丹前來擁抱，只要真心期望，禮物就會拿到』，過幾天我女兒過六歲生日，那個娃娃，應該就叫芳丹。」

「即將過生日的女兒有個玩具娃娃，也許是小朋友帶來的，也許有人送給她的，她也忘記是誰送的了，畢竟只有六歲。」南森說，「聽上去還好呀。」

「主要原因就是六歲生日，因為我家裏……」帕頓先生語速慢了下來，沉重了起來，「連續兩代了，每一代都有一個孩子，在六歲生日當天就死去了。」

所有的人都一驚，帕頓對大家點點頭，表示自己的話千真萬確。

帕頓的爺爺一共有三個孩子，老大和老二是男孩，老大就是帕頓的爸爸，老三就是帕頓那沒有長大的姑母，六歲生日當天，在後院獨自玩耍時，被倒下來的鞦韆砸死了。帕頓的一個堂弟，也就是帕頓爺爺的二兒子的兒子，六歲生日當天獨自騎着一輛兒童腳踏車，在家門口衝下路坡，摔死了。當年帕頓十一歲，他清楚的記得，堂弟死前幾天很神秘地告訴他，自己會得到一個大禮物，而且還唸出了「只要真心期望，禮物就會拿到」這句話，沒錯，就是玩具娃娃發出的聲音的最後兩句。帕頓當時根本就沒放在心上，堂弟死後也沒聯想到這句話。直到他拿到了女兒房間莫名出現的娃娃，並聽到了娃娃「說」出來的話。

又是六歲生日，還有那句話，帕頓坐不住了，他感到很是恐懼，於是連忙找到了南森。

「實際上，我把那個娃娃拍照了，我給你們看看。」帕頓說着就把手機拿了出來，「娃娃倒是一個普通玩具娃娃，就是有些舊，看上去是很早很早以前生產的。」

南森接過手機，滑動着相冊照片。海倫和本傑明也湊過來看。

照片裏，一個圓臉的娃娃，穿着一件褐色的毛衣，藍色的長裙，眼睛圓圓大大的，看上去非常老舊，或者說是個古董玩具娃娃。帕頓先生把這個娃娃拍了好幾張照片，正面和反面都有。

「這個地方，要放大看看。」南森説着畫動熒幕放大照片，因為他看到娃娃上衣的胸前，繡着一個小小的標記。

標記被放大，南森忽然手微微一顫。那個標記是一朵花，但是花莖上，長着一個大大的人類的耳朵，沒錯，就是人類的耳朵。

「這個標記……」南森皺着眉，隨後把手機拿給保羅看，「老伙計，搜一下這個標記。」

保羅盯着那個標記，雙眼一動不動的，半分鐘後，保羅抬起頭。

「很古老的標記，搜到了兩個類似的。全部和巫師巫術有關。」

「好的。」南森點點頭，他看看帕頓，「那麼，那個……芳丹娃娃在你家了？」

「扔了。」帕頓立即説。

「扔了？」南森很是吃驚。

「那可能是個魔怪，我可不能把魔怪留在家裏，它會殺死我們的。」帕頓有些激動地比畫着，「昨天就扔了，我看着垃圾車把它運走的，這才放了心。我要這個娃娃先遠離我們，才能來向你們報告。」

「這……」南森説着歎了一口氣，搖了搖頭，「你可以立即給我們打電話的，我們會去看看的，不過，也可以理解你的想法。」

「博士，你現在的意思，好像這是魔怪案件？」海倫小心地問道。

「連續兩代人，都有人六歲生日當天死去。而且芳丹娃娃的那幾句話，帕頓先生在堂弟死亡前還聽説過。」南森看看海倫，「我們魔法偵探，不能把這歸於巧合，那就太簡單化了，起碼的調查是必須的。還有就是娃娃發出的聲音，『六歲生日來到，芳丹前來擁抱』，好像專門訂製的一樣，實際上家長沒有訂製這個娃娃，娃娃的來歷不明。另外，剛才那個玩具娃娃身上的徽標，我感覺不好，這種徽標和中世紀一些巫師所用的類似，保羅的資料庫中，不可能涵蓋所有資訊，但他也搜索出類似徽標和巫師巫術有關，這是很關鍵的。」

「那我們就去抓魔怪了，最近把我都閒出病了。」派恩立即叫了起來。

「好像不閒的時候就正常一樣。」本傑明在一邊嘀咕了一句。

「四十公里，說遠也不遠。」南森看看帕頓，「帕頓先生，那麼我們現在就去你家查這個案子，坐你的車去，我的車在修理。」

「我們博士的車不是在修理，就是在去修理廠的路上。」本傑明頑皮地跟了一句。

「好的，好的。」帕頓很是激動，「坐我的車去，南森博士，你能辦理我的這個案子，真是太好了，我的家族還總是認為兩宗死亡事件就是巧合呢，我和他們說發現了一個娃娃的事，他們也不以為然。」

「普通人有時候確實想不了那麼多。」南森點點頭。

「我對我女兒說那個娃娃拿去修理了，要不然她會大鬧的，現在還不知道該怎麼和她說呢。」 帕頓有些憂心地說。

「這個……」南森頓了頓，「我們去，主要就是先和她談談，娃娃是怎麼來的，帕頓先生，這個我們路上談……」

南森他們拿好了幽靈雷達等設備，隨後上了帕頓的車。不到一個小時，他們就來到了帕頓先生的家，那是一幢獨立的房子，有兩層，房子坐落在一個院子裏。帕頓家周圍都是鄰居的房子。

第二章 遊戲室

南森手上拿着兩本書，那是他們在路上買的。下車後，本傑明和海倫就用幽靈雷達對着院子和房子探測，保羅也圍着房子跑了一圈，這時，一個大眼睛、金髮小姑娘的頭在窗邊閃了一下，隨後，小姑娘蹦跳着跑去開門。

「嗨，海洛伊絲，來接爸爸嗎？」帕頓看見小女孩，滿臉笑容。

小女孩的身後，站着一個女士，帕頓把南森他們馬上就來家裏的情況簡單和太太說了。帕頓太太前來迎接了。

「這是我太太，這是我女兒海洛伊絲。」帕頓連忙介紹，「嗨，海洛伊絲，這位南森爺爺，是爸爸的朋友，哥哥和姐姐都是爺爺的孫子孫女，聽說你要過生日，特別來看看你……」

南森對帕頓太太點點頭，隨後看着充滿好奇的海洛伊絲，海洛伊絲的大眼睛彷彿會說話一樣。

「海洛伊絲嗎？你好，這兩本書送給你。」南森把兩本書很是鄭重地拿給海洛伊絲，「王子和公主的故事，還有一本青蛙飛上天的故事，可以叫你媽媽講給你聽呀，上面都是畫。」

「謝謝，南森爺爺。」海洛伊絲連忙接過書，很有禮貌地説，她忽然看到了保羅，很是興奮，「好可愛的小狗呀。」

保羅走上去，海洛伊絲摸了摸保羅的頭，保羅搖着尾巴。海洛伊絲很是開心地笑了。

南森他們來到了帕頓的家，進門後，本傑明就拿着幽靈雷達進了客廳，隨後開始了搜索。

「嗨，海洛伊絲，為什麼不帶我去你的遊戲室看一看呢？我聽説你有很大一間遊戲室呢。」南森忽然問道。

「好的，在二樓。」海洛伊絲説着就向二樓跑去。

南森連忙跟上，海倫也跟在後面。海洛伊絲打開了二樓第一個房間的門，那是一個滿布童趣的房間，地上鋪着鴨子圖案的毯子，天花板上畫着星星。房間裏還有一個兒童滑梯，一個玩具木馬，幾個敞口的大箱子放在牆角，裏面堆滿了玩具。

「真是太漂亮了，這就是海洛伊絲小公主的房間呀。」南森看着房間，不停地誇讚着。

海洛伊絲聽到南森叫自己小公主，很是高興。

「爺爺，我的滑梯。」海洛伊絲跑到滑梯旁，爬上去後，滑了下來，「可惜你是大人，滑不下來。」

「沒關係，我可以看看你的玩具。」南森走到玩具箱旁，拿起了一個彩色皮球，「嗯，這個可以彈起很高……」

南森説着把皮球扔在地上，球確實彈起來很高。南森接住，把球放在箱子裏，隨後拿出來一個公主玩具娃娃。

「這是什麼呀，真漂亮，和你一樣漂亮。」南森説道，他看着身邊的海倫，海倫正在檢測另外一個箱子。

「這是貝爾公主。」海洛伊絲跑過去，拿過那個玩具，「我最喜歡貝爾公主了。」

「貝爾公主，很好。」南森坐在了一張椅子上，「我説海洛伊絲，你有一個玩具娃娃，叫芳丹，聽説拿去修理了。」

「爸爸説喇叭有點壞了，很快就修理好。」海洛伊絲擺動着玩具，説道。

「芳丹娃娃是誰給你買的？」南森輕描淡寫地問，「聽説那個娃娃很不錯，我也想找一個同款的。」

「是……我的，不是誰買的。」海洛伊絲低着頭説。

「小朋友忘在這裏的嗎？」南森繼續問。

「是我的，不是小朋友的。」海洛伊絲搖着頭，重重地説，她似乎有點抗拒了。

「噢，是你的。」南森點點頭，「你買的？還是突然從窗戶外面飛進來的呢……」

「就是我的。」海洛伊絲突然大聲地説，隨後，她猛地轉頭，看着海倫，「嗨，我説你，拿着一個怪東西找什麼呢？在牆壁和我的箱子裏畫來畫去的，你到底在幹什麼？」

海倫嚇了一跳，連忙把幽靈雷達放下來，她顯得非常的尷尬。

南森站起來，看了看海倫。海倫瑤瑤頭，表示沒有發現任何魔怪反應。

「好漂亮的遊戲房間呀。」南森隨即向外走去，「好了，我要去找你爸爸説點事了，你在這裏玩吧。」

南森和海倫出了房間，來到了一樓。本傑明和派恩已經探測完畢了，他們沒有發現任何的魔怪痕跡。

南森把帕頓夫婦叫到了一邊，壓低了聲音。

「什麼都沒有問出來，而且一觸及芳丹娃娃的話題，她的反抗情緒便立即加大。」南森有些沉重地説，「這反倒讓我覺得，芳丹娃娃一定有問題。芳丹娃娃一定是向她

灌輸過什麼。」

「那怎麼辦？」帕頓叫了起來，「可能真是個魔怪呢，我確實要先叫你們來，可是我實在害怕那個娃娃。」

「不用緊張。」南森擺擺手，「目前你們家是安全的，沒有任何魔怪反應。下一步，我們要去查找資料，只能先從這個方面入手了，把你姑母和你堂弟的具體死亡地點告訴我，這些資料當地警察局都會存檔。」

「我馬上抄給你，一個就在雷丁，一個在倫敦。」帕頓連忙去拿紙和筆，「不過，你們要是全都走了，我還是擔心，我覺得我們家被魔怪給盯上了，尤其是我的女兒。」

「我把保羅留下。」南森看着帕頓夫婦，「真有魔怪，距離這裏八百米保羅就能發現，他能立即通知我們，他自己也有強大的攻擊力。」

「他有一種炸彈。」帕頓太太有些興奮地說，「我在電視上看到的。」

「導彈。」南森糾正地說，「不過不重要，放心，保羅能保護好這裏……另外，帕頓先生，你的車要借給我們一下……」

南森把小助手們召集了在一起，海倫和派恩將去雷丁警察局調取帕頓姑母死亡的檔案，本傑明和南森一起去倫敦，本傑明去倫敦南部的薩頓員警分局，調查帕頓堂弟死亡的檔案——他的堂弟當年就死在薩頓。

南森要去一個重要的地方——大英圖書館的古籍部，對於芳丹娃娃衣服上的那個標記，他總感到不安，而且覺得能查到些什麼。大英圖書館的古籍部收錄有最完整最全面的古代巫師巫術相關史籍資料，而且還不斷擴充，保羅的資料庫裏的很多內容就源於此。

「老伙計，你守在這裏。」南森最後一個布置，是帕頓家的安全保護，「我問過了，還有三天，海洛伊絲就要過生日了，他們倒是可以先搬走，但是如果真是被魔怪盯上，暫時搬走沒有意義。所以我們要把這件事徹底解決。你留在這裏，發現魔怪立即通知附近的海倫和派恩，我們查好資料，立即回到這裏。」

「放心吧，發現魔怪，假如海倫和派恩不能及時趕回來，魔怪距離這裏三百米外，我直接轟擊，四枚追妖導彈全部打出去，我不會讓魔怪傷害這家人的。」保羅很是有信心地說，「博士，海倫把備用彈都給我帶來了。」

「盡量避免開火，這裏都是民居呀。」南森說，「儘快通知海倫他們，他們離這裏不遠，可以及時趕來的。」

有保羅留在家裏，帕頓夫婦放心了很多。南森和三個小助手開着帕頓的車走了。南森先把海倫和派恩送到了雷丁警察局，隨後開車和本傑明去了倫敦，他先把車開到了薩頓，放下了本傑明，隨後開車去了市中心，大英圖書館就在那裏。

保羅每隔一小時就會發回來一個平安無事的消息。南森來到大英圖書館，輕車熟路地直奔古籍部。

「布羅德先生，我想查閱中世紀巫師家族徽號和標記，倫敦及周邊地區的。」南森來到古籍部的前台，拿出了自己的圖書證，這裏的每個管理員他幾乎都認識。

「好的，南森先生。」叫布羅德的管理員站了起來，面帶微笑，「你可是有一段時間沒來了……」

兩個小時後，海倫和派恩先回到了帕頓先生家，他們看到保羅和海洛伊絲玩得很好，其他沒有什麼情況，兩人隨後出門，巡視帕頓先生家周圍的環境。

傍晚前，南森開車帶着本傑明回來了。帕頓先生把樓下的一個房間用作了魔法偵探們的會議室，大家去了那個房間，保羅也跑了進去。

「保羅——保羅——」「會議室」裏，海洛伊絲的聲音傳來，「你去哪裏了——」

「噢，海洛伊絲，保羅去休息一會。」帕頓太太攔住了海洛伊絲，「小狗狗也要休息的。」

「不要，我要和保羅玩。」海洛伊絲帶着哭腔說，「我就是要和保羅玩。」

「我帶你去看南森爺爺送的書，我保證保羅休息的時間不會很長的……」帕頓太太拉住了海洛伊絲，隨後，海洛伊絲的聲音沒再傳來。

第三章　罕見徽號

大家終於可以安心地談論案情。保羅急着通報情況。

「那是一個會説話的娃娃。」保羅晃着頭説，「海洛伊絲對我防範沒那麼厲害，她發現我會説話，也沒什麼特別的驚奇，她説芳丹也會説話，也會走路，芳丹就是那個娃娃。」

「還説別的了嗎？」南森立即問。

「沒有，我也不敢進一步問。博士，你説過，問得太多反抗情緒也會更大，尤其是她可能已經被魔怪灌輸過什麼了。」

「是的。」南森説道，「不能問個不停，使用催眠術問詢也不行，這個孩子年紀太小，使用催眠術對她會有損傷，一切都要我們從周邊一點點挖進去。」

「博士，我和派恩從雷丁警方那裏找到了資料。」海倫説着就把一個紙袋打開，從裏面抽出資料，放在桌子上，「老檔案了，找了半天。帕頓先生的姑母的死亡，警方認定為意外，盪鞦韆的時候鞦韆倒了，鋼管砸中了她。」

「帕頓的表弟也被認定為意外死亡。」本傑明也打開一個紙袋，拿出了資料，「他家住在一個小丘上，有一個下坡道，旁邊是三米多高的崖壁，坡道其實有護欄的，但是太矮，他騎着腳踏車撞到護欄上，從護欄上翻出去，掉到崖壁下，摔死了。」

「看上去都是意外。」南森拿着資料看了一會，隨後環視着大家，「也許，這就是魔怪要的效果，偽造成意外，否則早就被偵查了。」

「我覺得也沒這麼簡單，我一會要仔細研究一下兩份死亡報告。」海倫説道。

「我在大英圖書館，倒是有些發現。」南森説着把手機放在了桌子上，隨後開始翻找裏面的照片，「你們看，我拍下來的，這個徽號……」

「啊，和芳丹娃娃衣服上的一樣。」本傑明和派恩一起叫起來，他們看到照片上那個徽號，花莖上長着一個大耳朵，這個徽號是印在一本書

上的。

「中世紀倫敦西北部海威科姆地區，有一個艾伯尼巫師家族，這個家族當時出了好幾個巫師，徽號就是這個家族的。南森説，「三個月前，圖書館的古籍部在一個拍賣會上徵集到一本當年的古書，書是介紹當地風土人情的，裏面有這樣一個徽號，還有這個家族的簡介。圖書館把這個徽號進行了電子存檔，我和保羅一般都是半年去圖書館更新一次資料，所以保羅的資料庫中沒有這個。」

「看來今後我要三個月就去更新一次資料了。」保羅很是有些感歎地説。

「這個芳丹娃娃，和艾伯尼巫師家族，一定有聯繫的。」派恩説道，「那個娃娃老舊的樣子，我看是中世紀時製造的。」

「我當時認為很古老，但是沒想到會有那麼古老。」南森點點頭，「兩者之間的確有聯繫。」

「可是芳丹娃娃被扔掉了，要不我們去垃圾場找一找？」派恩扭頭看看南森。

「如果它是一個魔怪，即使被垃圾車運走，也會從堆填區回來的，所以芳丹娃娃應該離開堆填區了。」南森否定地説。

「啊，對的，那是一個能動並會説話的娃娃。」派恩被提醒了，他比畫着，「也許正在從堆填區趕回來呢。」

「我想過了，去垃圾堆填區找那個娃娃，的確不會有結果。」南森認真地説，「但是，我們有了巫師的基本資料，我查過了，巫師家族的墓地就在海威科姆，如果芳丹娃娃和其中某個巫師有聯繫，也就是説芳丹娃娃應該是被那個巫師派出來的，那個巫師，有可能變成了魔怪，躲在墓地裏，當然也可能在別處，但是這是一個方向，我們可以去勘查一下，我實在想不出，芳丹娃娃本身能和受害的六歲孩子有什麼仇。」

「博士，我明白你的意思，你是説我們去墓地看看。」海倫低頭想了想，説道，「變成魔怪的巫師，如果有自己的墓地，一般都躲在裏面的。」

「是呀。」南森説着向窗外看了看，「現在天已經很晚了，我們明天一早去，不到四十公里。如果那裏真的住着一個魔怪，而且是這麼長時間，魔怪痕跡一定很多，即使魔怪暫時不在那裏。」

「那我們明天就去，我們現在來研究一下兩份死亡報告。」本傑明説道。

「我要找小狗狗——」海洛伊絲哭鬧的聲音從外面傳

來，那聲音有些聲嘶力竭。

「哦，這裏真不是辦案的好地方。」派恩皺着眉，看了看門外。

南森無可奈何地聳聳肩。

晚上的時候，保羅在遊戲室裏和海洛伊絲玩，大家在「會議室」裏看報告。兩份報告都很短，因為警方當時根本就是從意外事件入手的，得到的結論也是意外事件。

「博士，我實在找不到什麼破綻。」本傑明看了一個多小時的報告，有些放棄了，「我是説着兩份資料。」

「有一個問題。」南森一直在深思熟慮之中，「如果説每代都有一個人在六歲生日的時候死去，為什麼帕頓爺爺的大兒子沒有先被謀害，也就是帕頓的父親，一定是他先過六歲生日呀。而且帕頓的堂弟也是如此，帕頓比他堂弟大，為什麼不是帕頓而是他堂弟？奇怪的是，海洛伊絲倒是這一代中最先過六歲生日的，帕頓先生跟我説他還有一個堂弟，兒子才三歲。」

「確實很奇怪。」海倫想了想，隨後搖了搖頭，「好像沒什麼頭緒……是不是隨機殺人，我是説在這個家族內隨機挑選過六歲生日的孩子下手？」

「可能沒這麼簡單。」南森還是很懷疑地説道，「這是一個問題，要記下來。」

「抓到那個魔怪就全都知道了。」派恩在一邊滿不在乎地説。

「現在還都是推斷，説不定去了墓地找不到什麼魔怪呢。」本傑明反駁地說。

「你總是説灰心的話。」派恩指着本傑明，憤憤地説道。

當天晚上，南森他們住在了帕頓家的樓下，帕頓說有南森他們這些魔法偵探駐守，他們一家是很安心的，一定能休息得很好。第二天早上，南森他們還是開帕頓的車去海威科姆的墓地，保羅則留下來繼續守護在帕頓家。海洛伊絲有一種保羅永遠要在他們家的感覺，興奮極了。

海威科姆是一個幽靜的小鎮，小鎮東面有一塊古老的墓地，艾伯尼巫師家族的墓就在那裏。南森已經查好了地圖，他直接把車開到了墓地旁邊。

南森他們下了車，他們看着身旁不到十米的墓地，墓地不算很大，豎立着大小不等的幾百個墓碑，在墓地的一頭，還有一個小小的房子，應該是守墓者的小屋。

海倫和本傑明已經拿着幽靈雷達對着墓地探測了，派恩走到南森身邊，詢問是否找艾伯尼家族的墓碑，南森點頭説是。

「這些家族墓，會集中在一個區域的。」派恩拿着幽靈雷達，走進墓地，「很快就能找到。」

海倫他們手持的幽靈雷達，全部有所掩護，他們都搭了一件衣服在手上，蓋住幽靈雷達，以防被可能存在的魔怪發現。

很快，派恩就找到了艾伯尼的家族墓地，那裏有三十多個墓碑，上面的姓氏全是艾伯尼，男性遠遠多於女性。從年代上看，主要集中在西元一千三百年到一千四百年期間，這個時間，屬於中世紀晚期。

「博士，看這個標記。」海倫指着一塊墓碑説道，那塊墓碑的最下方，有一個圖案，就是那個一朵花的花莖上長着一個耳朵的圖，「時間長了，不很清楚，但是外形還是能看出來。」

三十多個墓碑上，大多在墓碑的下部都有着標記，這個標記是直接刻在石頭上的，幾百年的風吹雨打，標記和文字都略有模糊了，但還是能識別出來。

小助手們貼近墓碑，幾乎把幽靈雷達的探頭插進地下了，不過他們仍然沒有找到任何魔怪痕跡。

遠處，小屋子裏，慢慢地走出來一個人，他先是向這邊張望了一會，隨後向這邊走來。

「這個最大的墓碑倒是比那些都新呀。」南森走到一塊有一米多高的墓碑旁，説道。

墓碑上名字是——尼森・艾伯尼，生卒年月是一三一五年至一三七二年。這塊墓碑看起來的確比旁邊的都要新一些，上面的文字和家族標記都很清晰。

尼森・艾伯尼
1315-1372
為什麼唯獨這個墓碑
是較簇新呢？

「嗨——」從小屋子走出來的人過來打招呼，他看起來有六十歲了，背還有點彎，不過一副很和藹的樣子，「很少有人到這裏來呀，這裏埋葬的大都是中世紀的人……噢，我是倫敦古籍保護處派來的守墓人。」

「古籍保護處派來的守墓人？」南森一愣。

「對，這裏算是古跡了，有人會盜墓，必須有人看着，事實上這裏以前確實被盜過，盜墓賊被警方抓住了，判了好幾年。所以現在要有人看着。」守墓人緩緩地說。

「我們可不是……盜墓的。」海倫叫了起來，「我們是研究……中世紀……徽標的……」

「那當然，這麼漂亮的小姑娘，還在上學吧，怎麼會去盜墓。」守墓人說着微笑起來，「我就是看到你們，很高興，每天都在這裏，也沒人和我說話。」

「那麼我想這塊墓碑，也是盜墓賊造成的吧，墓碑損壞了，你們照原樣補上了，符合歷史古跡修復的實施規則。」南森指着那塊最大的墓碑說道。

「噢，你可真是個大偵探，福爾摩斯呀。」守墓人誇讚地說，「沒錯，幾十年前被盜了，原來的墓碑斷成三截，現在在倫敦歷史博物館裏保存……據說中世紀的一些大巫師死後，在墓碑下會埋一些金銀器陪葬，現在是很值錢的古董。噢，這裏埋葬的都是一個巫師家族成員。」

「明白了。」南森點了點頭，「謝謝你，你的說明對我們研究中世紀徽號很有幫助。」

南森又和守墓人説了一些什麼，小助手們一無所獲，海倫拍了一些照片，他們要回去了。

「如果你覺得沒意思，你可以玩遊戲。」派恩臨走的時候，對那個守墓人説道，「手機上就能下載很多遊戲。」

「可是我的眼睛看不清呀。」守墓人笑了，「謝謝你，我一般都是玩紙牌，我還能看電視……」

第四章　搭車娃娃

南森他們上了車，向回開去。一路上，小助手們都很是有些沮喪，因為這次前來，他們基本上沒什麼收穫。派恩之前總感覺到了這裏就能把隱藏的魔怪抓住呢。

南森倒是很平靜，他開着車，一會和海倫説幾句話，一會和本傑明説幾句話。

「派恩，你猜猜，保羅一定和海洛伊絲更熟了，也許能有什麼收穫呢。」南森鼓勵着無精打采的派恩，他把車開上了21號公路，這裏距離帕頓家不到十公里。

「也許吧。」派恩有氣無力地説。

「打起精神來，芳丹娃娃也許會在海洛伊絲的生日那天自投羅網的，當然我們也不能因此放棄努力。」南森繼續鼓勵着派恩，這話也是鼓勵海倫和本傑明的。

「萬一芳丹娃娃不來呢。」海倫説道，「你也説了，我們不可能永遠守護在海洛伊絲的家裏，我們早晚要回去。」

「是呀，所以我們要努力，會有新的方向的。」南森說道，「哪一次魔怪會乖乖地站在大街上等我們去抓呀……嗯，車頂的後方好像有聲音，很輕微的一聲。」

南森對任何事物，都很靈敏，他回頭看看小助手們。

「沒什麼聲音呀，我沒聽到。」派恩說，但是他立起了身子。

「我把車頂天窗打開，你去看一下。」南森說着按下開啟車頂天窗的開關。

車頂天窗慢慢打開了，派恩準備把身子探出天窗，但他的確什麼都沒有聽到。

「不會有什麼吧……」天窗完全打開，派恩把頭伸出了天窗，「啊——啊——」

派恩嚇得大叫了起來。芳丹娃娃也是一臉驚異地看着伸出頭來的派恩，派恩看到的就是芳丹娃娃，它雙手扒在車頂後部，身體被風吹得飄蕩着。

芳丹娃娃發現有人看着自己，一鬆手，當即被風吹了出去，派恩看到它被吹進了樹林裏。

南森聽到了派恩的驚叫，慢慢地剎住了車。

「那個娃娃——」派恩把身子縮回車裏，驚魂未定地說。隨後，他忽然想起什麼，抓起幽靈雷達，推開了車門就衝下車，「抓住它——」

南森他們也跟着下了車，只見派恩拚命向芳丹娃娃消失的地方跑去，他衝到樹林裏，沒有看見芳丹娃娃。

派恩看了看幽靈雷達，猛地想起幽靈雷達此時是關機狀態，他連忙開機，然後對着四周探測，雷達熒幕上，一個亮點一晃而過，隨後就消失了。

派恩向着亮點消失的方向追了兩步，雷達熒幕上一片平靜，派恩知道，他完全失去了目標，懊惱地站在了原地。

「派恩，你看見了芳丹娃娃？」海倫第一個追過來，問道。

「剛才車頂上，芳丹娃娃就在上面，看到我，它手一鬆，就飄到路邊的樹林裏了。」派恩指着樹林前方，「現在不見了。我沒開幽靈雷達，所以事先沒發現。」

派恩的話驚呆了大家，誰也不知道芳丹娃娃怎麼會自己跳到車上來。

「為什麼不開幽靈雷達？那樣它跳上來之前就能發現了。」本傑明大喊起來。

「喂，說話要講良心的，我們到墓地前不到兩公里就把幽靈雷達打開了，我們回來又沒有探測任務，幽靈雷達空開着也很耗電的，所以就關了，以免要用的時候電量少。」派恩瞪着本傑明，「你不也把幽靈雷達關機了？」

「我……」本傑明翻了翻眼睛，不說話了。

「現在都把幽靈雷達打開吧。」南森看着前方的樹林，冷靜地說，「芳丹娃娃沒有放棄殺害海洛伊絲的努力，它一再試圖回到帕頓家裏。」

「它怎麼知道我們開到這裏呢？還跳上我們的車。」海倫問道。

「是不是在墓地盯上我們了，可是我們那時候可都開着幽靈雷達呢。」派恩跟着問道。

「先回去。」南森說道，「剛才芳丹娃娃跳上我們車的事，先不要和帕頓夫婦說，我不想引起他們不必要的恐慌。」

南森他們回到了帕頓家，帕頓夫婦並不很清楚南森他們每天的行程，只知道他們是在探案，不過帕頓還是很感興趣，詢問南森有沒有抓到魔怪。

「過程，要有一個過程。」南森有些隱晦地說，他指了指二樓，「保羅和海洛伊絲玩得怎麼樣？」

「非常好，我現在擔心你們走了以後，海洛伊絲一定會大鬧的，所以我們決定這件事處理完了就去買一隻和保羅差不多的小狗。」帕頓說着攤攤手，「目前也只能這樣了，保羅當然一定會和你們一起回去的。」

「好的。那麼帕頓先生，一會海洛伊絲睡覺的時候，叫保羅下來，我們有個會議要開。」南森説。

大家都回到了房間，南森回去後，打開了自己的電腦，開始查詢着什麼。

「派恩，你剛才看到的芳丹娃娃，什麼模樣？」南森查了一會，突然問道。

「就那樣了，噢，好像髒了很多。」派恩隨後又想了想，「帕頓先生照片裏的芳丹娃娃，舊是很舊，但是乾淨。」

「好的，現在我要去找帕頓問一些事情。」南森説着站起來，出了門。

三個小助手熱烈地討論起來，確切地説，是爭論，本傑明和派恩的爭論。他們開始是懊悔沒有開啟幽靈雷達，隨後本傑明指責派恩沒有追上芳丹娃娃，否則現在一切問題都解決了。而派恩則説本傑明自己一點警惕心都沒有，博士説車頂上有聲音，本傑明還靠着座椅，而自己則站了起來。

海倫勸勸這個，又勸勸那個，但是效果不顯著。直到南森推門進來，保羅也跟着一起走了進來。

「噢，今後我可要和你們在一起了。」保羅一進來就抱怨起來，「海洛伊絲今天要讓我穿她那些公主衣服，還硬要教我唱歌，真是受不了。」

「可憐的老保羅。」海倫很是同情地說，「其實我小時候也這樣。」

「好了，剛才我去向帕頓先生問了一些問題。」南森坐到了桌子前，又看了看自己的電腦，「我有了一些發現，要和你們說說。」

大家立即全部坐好，認真而興奮地看着南森，這麼短的時間裏，南森顯然是有所突破。

「不用這麼鄭重。」南森看到幾個小助手的樣子，微微一笑，「好像是在考試一樣，你們都是主考官。」

小助手們也笑了，氣氛隨即放鬆了一些。

「今天我們去了墓地，這些天，我一直在想一件事，芳丹娃娃是當年的巫師死後變化成的魔怪嗎？」南森說着看看大家，然後頓了頓，「從目前的證據看，它不是，它僅僅是巫師生前使用的一個詛咒娃娃，或者說，是巫師的一個工具，一個有些魔力的工具，它也算一種魔怪，但和一般魔怪有區別，它能夠顯示在相片上，這和相機拍不出魔怪不一樣。」

小助手們都安靜地聽着南森的解釋。

「巫師們，無論是古代還是現代的，都會使用這種詛咒娃娃，完成一些詛咒之事，利用對詛咒娃娃的攻擊，把這種攻擊轉移到現實中真正的人身上，例如巫師記恨某個人，通常會摧殘詛咒娃娃，並施加咒語，用這個娃娃代替那個被記恨的人，而最終被記恨的人或病或亡，巫師的目的就達到了，一些法力很高的巫師，的確有種能力。如果說芳丹娃娃是一個詛咒娃娃，而並非巫師本身，就能解釋芳丹娃娃從垃圾場回來，還要搭我們的車的現象。」

「搭車？」海倫的腦子有些糊塗了，她不是很清楚南森最後這句話的意思，本傑明和派恩也都一樣。

「首先，芳丹娃娃就是一個詛咒娃娃，它的情況有些特殊，不完全是一個替代記恨人的娃娃，它是一個能主動展開攻擊的娃娃，這種情況不多，但以前也是有的。一些魔法高超的巫師，會讓這種娃娃具有相當的攻擊性，主動完成巫師交代的任務，簡單說，這是一種最高級的詛咒娃娃。」南森的語速不快，「連續殺害帕頓家兩代滿六歲的兒童，並偽造了現場，就是它幹的，現在，它按照指令，盯上了海洛伊絲。前幾天它被帕頓先生扔進了垃圾車，大家看看帕頓家的位置，是這片住宅盡頭的房子，所以垃圾袋扔進車裏後，垃圾車算是收集好了這一片區域的垃圾，就封閉了，並且開到三十公里外的垃圾堆填區，因為它是個詛咒娃娃，似乎不會有穿牆術這種本事，所以無法鑽出垃圾車，最終它被扔進了巨大的堆填區，被覆蓋住了，用了很大力氣爬出來後開始步行返回帕頓家，所以派恩看到的它渾身骯髒。為什麼它會跳上我們的車呢？因為我們開的是帕頓的車呀，它正在往帕頓家走，走到了21號公路這裏，21號公路正是帕頓家通往垃圾堆填區的路，它在這裏住過，當然認識帕頓的車，它發現車後跳了上來，是想搭便車一起來呀，它走路應該也累了。」

南森的話說完後，看着大家。小助手們都很是認真的樣子，但是他們都沉默了很久，思考着南森的推斷。

「博士，我大概了解你的判斷，但是……」海倫皺着眉，看看南森，「為什麼巫師要利用詛咒娃娃攻擊帕頓先生的家庭？巫師是中世紀的，和帕頓先生家沒有聯繫呀。」

「好問題。」南森説道，「我也在糾結這個問題，巫師那個時代和現在相距幾百年呢。目前我還無法找到原因，不過這並不妨礙最關鍵的結果，那就是芳丹娃娃很是執着地在執行任務，它還會趕來，找機會下手。」

「那可真是太可怕了，陰魂不散呀。」本傑明説道，「博士，我相信你的判斷，很縝密，很嚴謹。」

「它會不會認出我呀，那就有所防備了。」派恩着急地説，「剛才它看見我了。魔幻偵探所可是很有名的。」

「你又沒有上過電視。」本傑明不屑地説，「報紙上報道你也僅僅提過名字。」

「我……」派恩想反駁，但是本傑明的話沒錯。

「本傑明説得有道理。」南森看看派恩，「它應該看不到是我在駕駛，因為車窗是暗色的，但是它看見派恩了，不過他沒怎麼出過鏡，它應該不會認出派恩，也就無法知道我們是魔法偵探，它應該覺得派恩是帕頓朋友的孩子，或者是帕頓把車借給別人了。」

「可是它隨即就跑遠了。」派恩又説。

「它也受了驚嚇，看到我們的車停下，它想躲遠一些，也很正常，並不是説它跑了就一定是在躲避魔法偵探。」南森說道，「其實，它要是很執着地完成巫師的任務，就算是知道我們是魔法偵探，還是要想方設法地回來，完成殺害海洛伊絲的任務的。」

「真是太可怕了。」海倫聽到後背發涼，儘管她是一個魔法偵探，但是想到魔怪在算計殺害一個六歲的小女孩，海倫還是感到恐懼，「她還是想進到這個屋子裏嗎？還是在外面動手？」

「想方法進到這個屋子的可能性最大，因為它要建立和受害者的關係，然後進行誘導。」南森分析地說，「孩子在外面玩耍的時候，它突然暗地裏展開攻擊，倒是可以殺害受害者，但是會驚動跟着的家長，或者沒那麼容易偽造現場。如果它一直在外面，當它要誘導孩子單獨出去，怎麼知道受害者什麼時候出來，出來的時候有沒有大人跟着？如果進入家庭後，用誘騙的方式建立好關係，生日當天進行誘導，讓孩子單獨出門，便能輕易完成暗殺。芳丹娃娃其實已經成功潛入到了帕頓家，只不過被警惕性很高的帕頓先生扔掉了。」

「博士，我覺得她在海洛伊絲生日前，一定想盡辦法來到帕頓家的，它會隱藏在海洛伊絲身邊，反正一個三十多厘米的一個娃娃，藏起來很容易的。」派恩想了想，說道。

「要阻止這樣的事發生。」本傑明比畫着說，「暗殺行動會發生在生日當天，這兩天我們不讓海洛伊絲出門，我們都在她身邊，保護她。」

「這樣一定是沒問題的，頂多也就是海洛伊絲哭鬧幾次。」南森的語氣有些沉悶，「但是這樣的防範等於把海洛伊絲與世隔離了，而我們不可能永遠讓她與世隔離，等到生日一過，我們離開，海洛伊絲仍有被害的可能，推遲幾天，我看芳丹娃娃還是會動手的，它的終極目的是殺死受害者。」

「這……」本傑明遲疑了，他覺得南森說的完全正確。

「我其實有個辦法。」派恩說着像一個回答問題的小學生那樣，舉起了手。

「你能有什麼好辦法。」本傑明又是不屑地擺擺手。

「我就是有……」派恩立即大聲說道。

「本傑明，讓派恩說。」海倫立即推了推本傑明，南森也用贊許的目光看着派恩。

「芳丹娃娃會找各種機會進屋，我們單純的防守，其實也有可能被它鑽了空子，所以我們不如主動一些，讓它鑽我們的圈套。」派恩説着，有些猶豫地看了看南森。

「説下去，我們大家來談論。」南森鼓勵地説。

「芳丹娃娃現在就在趕來呢，既然它要想辦法進來，那就讓海洛伊絲到外面去，讓芳丹娃娃接觸她……」派恩突然語速飛快地説出了自己的計劃。

第五章　兩個海洛伊絲

大家想了一會，就連本傑明都同意了，儘管他略有保留，認為這是一個超大膽的計劃，但也覺得可以一試。

派恩聽到大家的贊許，很是得意。

「派恩也能貢獻計劃了。」保羅在一邊總結地説道，「這就是成長呀。」

第二天，大家都在帕頓先生家的閣樓上，幽靈雷達已經全面開啟，保羅樓上樓下的跑着，有時候和海洛伊絲玩一會，有時候跑到閣樓上，和南森他們説幾句話。

「今天凌晨四點多的時候，21號公路過來的北面，幽靈雷達捕捉到了一個信號，但是很快不見了，六點多的時候，東面距離這裏四百多米，信號再次出現，不過很快又不見了。」本傑明坐在一把椅子上，看着閣樓窗台上的幽靈雷達，「芳丹娃娃圍着這裏轉圈呢，不如當時就過去抓……」

「還是按照派恩的計劃進行。」南森看着窗外，説道，「那個芳丹娃娃體型太小，非常好隱蔽，我們要確保近距離抓捕，而且是在它毫無戒備的情況下。」

「好的。」本傑明點了點頭，「這個芳丹娃娃，你說它是魔怪吧，可它卻能在大白天活動。」

「有魔怪屬性，並不是一個完全的魔怪，所以反倒能在白天活動。」南森指了指外面的天空，「而且這些天持續陰天。」

「又有信號了——」海倫忽然叫了起來，她一直把幽靈雷達拿在手裏，「房子南面，三百七十米。」

「它真是在圍着房子繞圈，它在試圖過來。」派恩有些激動，「好奇怪，發現目標我們卻沒有出擊，而且還是我的主意。」

這時，保羅從樓梯跑了上來。

「博士，發現目標，距離我們這裏三百二十米。」

「我們也發現了。」本傑明站在窗邊，看着幽靈雷達上那個移動中的亮點。

「你們看……」南森指了指幽靈雷達上的亮點，「信號亮點並不像其他魔怪那樣醒目，而是略有模糊，這的確是因為芳丹娃娃並不是一個完整的魔怪，它是被巫師施了咒語、具有一定的魔性。」

「現在那裏好像是一片空地，我真想連射四枚追妖導彈，把它炸飛。」保羅有些激動地說。

「附近都是居民住宅，不能用導彈攻擊。」南森制止地說。

「噢，我知道計劃，我就是說說。」保羅晃了晃腦袋，「啊，不動了，靜止了，距離我們這裏三百米。」

芳丹娃娃在距離房子三百米的地方，停止了移動，目標信號似乎固定在那裏了，整整有一個小時。

閣樓的另一個窗戶，拉着窗簾，窗簾的一角掀起，南森手裏舉着一個望遠鏡，對着外面小心地觀察。

「芳丹娃娃上樹了。」南森邊看邊說，「它也在向這邊看。」

三百米外，有一座房子，那所房子的後面，有一個高大的樹，芳丹娃娃爬在樹梢上，正在向這邊遙望着。

海倫接過望遠鏡，小心地看過去，她也看到了芳丹娃娃。芳丹娃娃一直在樹上，後來直接坐在了樹杈上。望遠鏡是帕頓家的，很是清晰，海倫看清了芳丹娃娃的臉，可惜那張臉似乎永遠是一個表情，瞪着眼睛，嘴角微微上翹，模仿微笑，但是極為生硬。

芳丹娃娃一直就在那裏，南森他們也沒有進一步的行動，其實本傑明有過直接隱身移動過去抓捕的想法，但是一旦被察覺，芳丹娃娃輕易地跳到另外一棵樹上，目標那麼小，就很難抓到了。

午餐時間過後，海洛伊絲獨自出了門，她也不會走很遠，就在自家的後院玩一會，她家的後院有一個兒童滑梯，她走上滑梯，然後滑下來，玩得很好。從窗戶看過去，帕頓先生和太太背對着院子，坐在沙發上說着什麼。

海洛伊絲又從滑梯上滑下來，忽然，一隻蝴蝶從她面前飛過，她連忙追了上去，蝴蝶向院子旁邊的灌木叢飛去，隨後忽然升高，飛走了。

海洛伊絲看着飛走的蝴蝶，轉身向滑梯走去。

「嗨，海洛伊絲。」灌木叢中，一個聲音傳來，「我在這裏，我是芳丹，還記得我嗎，我是你的好朋友……」

海洛伊絲立即轉過身來，看着灌木叢，灌木叢在動，隨後，芳丹娃娃的腦袋露了出來。

「嗨，你好，你是芳丹嗎？我記得你，這些天你去哪裏了？」海洛伊絲興奮起來，「爸爸說你去修理了，我找不到你，都哭了。」

「噢，孩子，不要哭，我這不是回來了嗎？」芳丹娃娃很是和善地說，「那麼快點把我帶進你家吧，不要被你的爸爸媽媽看見啊，你可以把你的玩具水桶拿來，把我放進去，上面再放幾個玩具，這樣就沒人能發現我了，記得再過兩天，你的生日，我會送你一輛水晶馬車呀。」

「好的，我太希望能得到水晶馬車了。」海洛伊絲雙眼放光，「是真正的馬車嗎？很大嗎？」

「真正的馬車，駕車的是一個王子。」芳丹娃娃説着又向前走了一步，一條腿邁出了灌木叢，「我説到做到，但是我要到你家裏去，外面會下雨，我會被淋壞的，我要是病了，誰給你變水晶馬車出來呀。」

「我覺得不用拿水桶，我把你抓在手上，然後就跑進去，放在我的玩具箱子裏。」海洛伊絲説着，看了看自己窗戶，她的父母還是背對着後院，説着話。

「還是放在牀底下吧，放在玩具箱還是會被發現的。」芳丹娃娃建議地説。

「好的，那就放在牀底下。」海洛伊絲答應了，她向灌木叢走了過去。芳丹娃娃快速走出灌木叢，海洛伊絲伸手去抓芳丹娃娃。

「保羅——你在哪裏——」一個聲音從房子的後門那裏傳來，只見海洛伊絲站在門口，對着院子喊道。

兩個海洛伊絲，門口一個，灌木叢這裏一個，灌木叢這裏的海洛伊絲轉頭，看着另一個海洛伊絲，非常吃驚。

為什麼會出現了兩個海洛伊絲？

芳丹娃娃的眼睛都瞪圓了。它已經停下了腳步，看看門口的海洛伊絲，又看看眼前的海洛伊絲。眼前的海洛伊絲突然飛撲上去，想要抓住芳丹娃娃。

芳丹娃娃一驚，隨即後退幾步，躲進了灌木叢，與此同時，南森、本傑明和派恩從另外三個方向一起衝了出來。

海洛伊絲把手伸進灌木叢，一把就抓住了芳丹娃娃，她高興地把芳丹娃娃拿出灌木叢，但是忽然大叫一聲。只見芳丹娃娃渾身長出刺來，海洛伊絲的手掌七、八處被扎傷，血流了下來。海洛伊絲一鬆手，芳丹娃娃掉到了地上，不過它隨即站了起來。

派恩距離芳丹娃娃最近，他一腳就踢過去，芳丹娃娃靈活的一躲，派恩踢空。

「忽——」芳丹娃娃對着派恩吐了一口氣，一股白色的煙霧頓時籠罩住了派恩。

派恩發出巨大的咳嗽聲，他捂着嘴鼻，眼淚都被這股煙霧給熏下來了。芳丹娃娃轉着圈繼續吐着煙霧，它自己被煙霧給籠罩住了。南森和本傑明隨即趕來，保羅跟在南森的身後。

一片煙霧中，海洛伊絲和派恩逃出了煙霧，南森和本傑明也不敢靠近。保羅並不懼怕煙霧，他衝了進去，但是煙霧之中，不見了芳丹娃娃的蹤影，只有一處灌木叢的枝葉抖動了幾下，保羅用魔怪探測系統搜索，但是居然受到了煙霧的干擾，搜索信號很不穩定。

第六章　逃脫

大門口那裏，帕頓夫婦已經把哭喊的海洛伊絲拉進了房間，後院裏的海洛伊絲，也變成了海倫的模樣，這個海洛伊絲是海倫變成的。帕頓夫婦也是被安排坐在窗邊，背對着後院，演戲給芳丹娃娃看的。

煙霧漸漸散去，保羅也已經鑽出了煙霧，來到了街道上。

「博士——向東跑了，距離四百米，我們是追不上了，追妖導彈可以。」保羅語速飛快地説，「我鎖定它的信號了，但是那裏有好幾處民房……」

「不要射擊，這裏是居民區。」南森連忙説道，「記下它的逃走方向。」

煙霧完全散了，南森他們站在灌木叢前，海倫很是懊惱，本傑明也手足無措，派恩激動地連連跺腳。

這其實就是派恩的計劃，芳丹娃娃不會穿牆術，很難進到房間裏，它會利用一切機會，讓海洛伊絲把它帶進去。這是南森推斷的結果，事實上也是這樣，派恩的計劃就是在中午海洛伊絲午睡的時間，讓海倫變化成海洛伊絲的模樣，獨自在家後院玩，遠處觀察的芳丹娃娃當然不會放過這個機會，一定會過來誘導海洛伊絲，那麼海倫只要把芳丹娃娃拿在手裏，假裝帶回家，實際上就抓住芳丹娃娃了。

但是這一切，出現了一個意想不到的意外，午睡時間穩定保持在一小時的海洛伊絲，在睡了十五分鐘後，突然起來，又要找保羅，出現了在後門那裏。本來已經要主動跳到海倫手上的芳丹娃娃突然發現有兩個海洛伊絲，當即就明白自己中計了。海倫猛撲過去抓它，但是它利用一系列逃脫手段，逃走了。南森他們本來隱蔽在附近，衝過來的時候，被煙霧襲擊，也沒能抓住芳丹娃娃。

「我的計劃，我的計劃——」派恩一直抱怨着，「海倫，你怎麼搞的？你用捆妖繩呀……」

「我的手都扎破了——」海倫正在往手心上倒急救水，「我要有時間呀，我的手剛被扎破，隨後那股酸酸的毒氣又撲過來了。」

「不用抱怨海倫，這是個意外。」南森走過來説，他看了看海倫的手心上的幾處傷口，「感覺怎麼樣？看上去都是皮外傷，只有兩處扎得較深。」

「現在好多了，剛才很疼呀。」海倫握着手掌，「哎……」

「應該看住海洛伊絲呀，怎麼她突然醒了？」本傑明也是一臉懊惱，「不過她一直在自己房間裏休息，帕頓夫婦在客廳，故意背對着玻璃，也是給芳丹娃娃看的，他們沒法去看着海洛伊絲。」

「我們自己有計劃上的漏洞，主要責任在我。」南森擺擺手，「我忽視了海洛伊絲出現的可能。」

「喂——」帕頓站在了家後門的門口，大聲喊道，「南森先生，怎麼樣了？」

「還怎麼樣？都被你的公主女兒給破壞了。」派恩看看帕頓，表情複雜，「可惜我這個超級無敵的計劃……」

保羅說芳丹娃娃一路向東，跑遠了。大家很是無奈地回到了帕頓先生家，帕頓先生也有些尷尬，他剛才問過了，海洛伊絲就是突然醒的，隨後就開始找保羅。

南森寬慰了帕頓先生幾句，他們隨後都回到了房間。回去後，派恩就攤在沙發上，有氣無力的樣子看上去很沮喪。

「現在問題複雜了一些。」南森也坐好，隨後平靜地說，「芳丹娃娃知道有魔法偵探在保護海洛伊絲了，今後它會更加小心了，我們抓到它的難度更高了。」

「它不會跑嗎？跑得遠遠的。」本傑明問道，「它都知道有魔法偵探在這裏了。」

「如果它執意地執行巫師的布置，那麼它不但不會永遠跑掉，而且一定還會回來。」南森一字一句地說。

「啊？還會回來？」本傑明一愣，隨後想了想，「啊，博士，你說過的，這個芳丹娃娃是被巫師施咒的，它的存在就是要完成巫師的任務。」

「沒錯，就是這樣。」南森點點頭，「所以說它一定要殺害海洛伊絲，我們現在起的作用，其實是海洛伊絲的保鏢，而我們不知道芳丹娃娃何時還會再來，這個芳丹娃娃，雖然不是一個純粹的魔怪，但是從它逃脫的手段看，魔力也很高，越是這樣，海洛伊絲就越危險呀。」

「還會來就好，我就怕它跑遠了。」海倫的手掌，已經纏上了紗布，「不過我們現在有些被動，芳丹娃娃成了攻城的，我們是防守的，好奇怪的感覺。」

「有什麼奇怪的？只要它的信號再次出現，我們就過去抓。」派恩說道，「一定能抓到它。」

「可惜是居民區，不能隨意發射導彈。」保羅走到派恩身邊，說道。

「再次出現它的信號，可以嘗試去抓。」南森想了想，說道，「但是它的逃脱術高超，對我們也有了防備，不好抓呀……海倫，保羅的備用彈在你那裏吧？」

「在的。」海倫點點頭。

「拿給我，我有用處。」南森説着看看保羅，「老伙計，還有你的導彈發射架……」

臨近傍晚的時候，保羅從二樓突然衝進南森他們的房間，他發現魔怪信號了，就是那個芳丹娃娃。芳丹娃娃距離帕頓家不到八百米，而且正在快速地向這邊移動。

「海倫留守保護，大家跟我來——」南森立即站了起來，命令道，「既然又來了，我們就出門應戰，不讓打鬥發生在帕頓家裏。」

本傑明和派恩跟着南森就衝出了帕頓家，保羅衝在最前面，引導着大家。他們跑出去幾米，邊跑邊唸魔法口訣，隨即，他們像是消失了在空氣中一樣，他們全部隱身了。

隱身後的他們相互能看到，他們迎着芳丹娃娃來的方向，飛奔過去。

「還有兩百米了，它正穿過一條街道。」保羅提醒大家説，它完全鎖定了芳丹娃娃。

南森立即做了一個手勢，他們早有預案。本傑明和派恩一左一右，包抄芳丹娃娃的兩翼，南森正面迎上。

前面，有個小男孩踩着滑板車，從街上駛過。這個居民區行人不算多，但四周都是房子，南森讓保羅謹慎使用追妖導彈。

距離芳丹娃娃一百米的時候，南森蹲在了一棵樹後，前方，芳丹娃娃越來越近了，一片灌木一陣晃動，芳丹娃娃從灌木叢中鑽出來，衝着南森就跑了過來。

「鐵手套——」南森唸了一句魔法口訣，他隱身的手上出現了一個同樣隱形的手套，這是他為了防備芳丹娃娃身上長出尖刺用的，他的手臂一揮，抓住了芳丹娃娃。

向前跑的芳丹娃娃看不見南森，但是知道自己被抓住了。它連忙讓身體長出刺來，他的刺扎在南森

的鐵手套上，一點都沒用。

南森掏出了捆妖繩，準備捆住芳丹娃娃，這時，兩邊的本傑明和派恩看到芳丹娃娃被抓，也都向這邊靠攏過來。

「啊——啊——」芳丹娃娃大叫一聲，隨後，它的身體開始在南森手裏翻轉。

南森的手臂立即就被扭轉了一百八十度，芳丹娃娃的力氣如此之大，這是讓南森沒有想到的，南森的手臂劇痛，芳丹娃娃還在翻轉，南森的胳膊都發出「啰啰」的關節作響聲了，再不鬆手，南森的胳膊就要斷掉了，無奈，南森鬆開了手，芳丹娃娃掉到地上，站起來拔腿就跑。

一邊的本傑明一驚，他距離芳丹娃娃只有二十多米，他猛地推出一枚凝固氣流彈，氣流彈射在芳丹娃娃腳下，爆炸了，芳丹娃娃被炸起來很高，但是落到地上後，立即又站了起來，向北面跑去。

「捆妖繩——」派恩大喊一聲，立即拋出一條捆妖繩。

捆妖繩飛向芳丹娃娃，但是芳丹娃娃身體很小，它靈活的一跳，捆妖繩打在一棵樹上，很快就纏住了樹幹。

保羅撲上去，他不能隨意使用追妖導彈，他張口咬向芳丹娃娃。

「飛毛腿——」芳丹娃娃唸了一句魔法口訣，它加快了步伐，兩條腿擺動頻率極快，像是開足馬力的發動機葉片一樣，保羅根本就跟不上它，沒幾秒，芳丹娃娃就不見了。

保羅追出去五十多米，但是被芳丹娃娃徹底甩開。他眼看着芳丹娃娃跑出了自己的搜索範圍。

保羅無奈地走回來，本傑明正在往南森的手臂上倒急救水，看得出來，南森表情痛苦，剛才他的胳膊差一點就被芳丹娃娃扭斷了。

「剛才他那個力量，真沒想到。」南森捂着胳膊，「巫師不僅僅是給它派發了任務，關鍵是賦予了它某些方面相當的魔力，儘管它不會穿牆術，但是你們也看到了，它力氣大，能對抗凝固氣流彈的爆炸，這些魔力才是它完成任務的支持呀，我低估他了，不知道未來它還有什麼更厲害的招數。」

「它那麼小，我拋捆妖繩都瞄不准。」派恩也很是懊惱地說道。

「它跑起來的速度也很快，一定是唸了魔咒。」保羅跟着說。

「博士，你好點了吧？」本傑明關切地問。

「現在好一些了。」南森的確感到手臂沒有那麼痛了，「哎，簡單地圍捕，抓到它的可能性很小，這也就是它這麼有恃無恐的原因，明知道有魔法師，還是執意完成巫師的任務。」

南森他們有些落敗地回到了帕頓家，海倫一直站在後門那裏，焦急地等待着。看到南森他們回來，她立即迎上去，不過從幾個人的表情就可以看出來，這次出擊失手了。

大家一起回到了房間裏，南森坐在沙發上，輕輕晃動着胳膊，他在好轉之中。海倫也大概了解到了發生了什麼。

「今晚我們要安排值班了。」南森説道，「它一定還會試圖接近這裏。」

「它不會硬攻進來吧，既然它沒有穿牆能力，會不會砸門進入呢？」海倫有些擔憂地説。

「那就和它拚了——」派恩跳起來，揮着拳頭説。

「它還沒有那個膽量，如果是正面對攻，它還不是我們的對手。」南森説着看了看保羅，「老伙計，它要是敢進入後院，在院子裏沒有人的情況下，直接用追妖導彈轟擊，這個院子夠大，四周房子也遠，追妖導彈足以把它扯碎。」

「是，博士。」保羅立即回答。

大家進行了值班的布置，海倫和本傑明守候上半夜，南森和派恩守候下半夜，保羅當然是全程值守。

第七章　換了彈頭的追妖導彈

凌晨一點的時候，保羅發現芳丹娃娃的信號，不過它的信號存在了幾秒鐘就消失了，凌晨四點的時候，它的信號再次出現，這次停留了十幾秒，也消失了。兩次出現的地點一次在房子北面，一次在西面。

第二天一早，南森坐在桌子前，開着電腦，手邊還有一些保羅列印出來的資料。

「明天就是海洛伊絲的生日了。」南森有些感慨地說，「今天我們必須拿出一個計劃來，單純的在這裏防守，可不是辦法。」

「我帶着導彈，去外面找它，要是有個合適攻擊的地方，就炸它。」保羅從沙發上跳了下來，「我是說找個無人區。」

「可是這邊都是住宅呀。」海倫憂傷地指了指四周。

「要想辦法。」南森語氣略深沉，「派恩的那個計劃讓我們幾乎抓到了它，但是我們準備不足，現在，和芳丹娃娃交過手了，我們對它有了了解。」

「保羅——保羅——」海洛伊絲的聲音傳來，她又在四處找保羅。

昨天海洛伊絲的突然出現，驚動了芳丹娃娃，但是也沒辦法説她什麼。帕頓夫婦對於南森他們昨天的失手，此時也是憂心忡忡，他們都想出去躲躲了，但是魔怪不除，躲出去幾天也不是辦法，他們寄望於南森和他的小助手們，他們唯有更加配合。

保羅出去了，小助手們或坐或站，都在那裏想着辦法。南森在電腦前查詢着什麼，屋子外面不時傳來海洛伊絲清脆純真的笑聲，明天就是她的生日了，而危險正一步步向她接近。

十點多了，大家一時還沒有想到什麼辦法。派恩暫時放棄了苦思冥想，他拿了一杯飲料，一口氣喝下，派恩看着窗戶，窗戶外是帕頓家的前院，前院比後院小很多，幾米外就是街道了。

「噹——」的一聲，保羅忽然撞開了門。

「博士，芳丹娃娃來了，這次不是繞圈，它一直向這邊走來。」保羅大聲地喊道。

所有人都站了起來，看着南森。

「我的幽靈雷達也有反映了，它從後院的方向一直走來。」海倫看着手裏的幽靈雷達，激動地說。

「它來拚命了嗎？」派恩揮着拳頭，「它真的來『攻城』了？」

「又來了，那麼我們只能出門應戰了。」南森揮揮手，「海倫，你留下保護帕頓一家，千萬不要出屋，保羅、本傑明、派恩，我們走。」

保羅「嗖」的一聲就鑽出了房間，本傑明跑出去打開了後門，他們全都衝了出去。

「有情況，有情況。」海倫跑到客廳，安慰帕頓夫婦，「博士已經去處理了，我們就在這裏，大家千萬不要出屋。」

帕頓夫婦緊緊地護着海洛伊絲，不明就裏的海洛伊絲則掙扎着，還想去玩。

海倫跑到客廳的窗邊，看着後院方向，她看到了南森他們的背影，他們越過街道，走遠了。

保羅在前面引路，南森他們緊緊地跟着。保羅發現，芳丹娃娃距離南森他們只有一百多米的時候，突然轉身往回跑去，也許它感知了南森他們的到來。這次相遇，怎麼會這樣輕易放走芳丹娃娃，南森他們緊追不捨，距離芳丹娃娃越來越近，他們穿越了大半個居民區，芳丹娃娃的信號突然在五十多米遠的一個街心花園裏靜止了。

「包圍它——」南森做了一個手勢，本傑明和派恩一左一右地分開，向街心花園的左右兩側迂迴。

芳丹娃娃還是靜止不動的，似乎是等待在那裏和南森他們決戰。南森他們包抄過去，街心花園裏，一個人都沒有，也沒有看到芳丹娃娃，它身體很小，也許藏在灌木叢裏。

「博士，它在那裏。」保羅説着指了指街心花園長椅下的一張報紙，那張報紙似乎蓋着什麼東西，「魔怪信號就是從那裏傳來的。」

「準備攻擊——」南森點點頭，隨即指了指那張報紙，此時他和保羅距離那張報紙不到二十米，本傑明和派恩距離那張報紙也是同樣距離。

大家小心地靠了過去，報紙一動不動的，但是魔怪反應從那裏源源不斷地發射出來，無論是保羅的魔怪預警系統，還是本傑明和派恩的幽靈雷達，都牢牢地鎖定了信號源。

距離越來越近了，派恩感覺芳丹娃娃會從報紙裏一躍而出，然後是一場惡戰，但是他們包圍了那張報紙，距離不到五米了，報紙還是一動不動地在那裏。芳丹娃娃似乎在等待着南森他們主動出手。

南森看了看本傑明，點點頭。本傑明也點點頭，南森和派恩在距離報紙三、四米的地方停下，隨時準備出手，保羅也準備衝上去一陣猛咬。本傑明獨自向前，距離報紙越來越近了，本傑明都能聽到自己的心跳聲，他走到報紙前，慢慢地彎下腰，盡量不發出聲響，他的手捏住報紙的一角，隨後飛速一扯，報紙被扯開了。

報紙被扯開的那一瞬，派恩的身體本能地向後一靠。

地面上，只有一段三十厘米長，胳膊粗的樹幹，樹幹上，纏着一圈褐色的東西，説不上來是什麼。

南森和派恩走上來，南森撿起了那根樹幹，看了看。

「這是……毛衣上裁下來的一小圈。」南森看着那一厘米寬的東西，那明顯是針織品，「嗯，這是芳丹娃娃毛衣下的一圈，都是褐色的……不好，我們上當了——」

帕頓先生家，南森走後，海倫一直焦急地等待着。海洛伊絲一家則都靜靜地坐在沙發上，海洛伊絲已經不鬧了，她大概看出了什麼，只是靜靜地翻着一本圖畫書。

海倫一直看着外面，突然，本傑明從街道那邊跑來，他跑到後院那裏，激動地看到了海倫。

「嗨——嗨——」本傑明揮着手，指着北面。

「怎麼——」海倫一驚。

「嗨——嗨——」本傑明大喊着，手指對着北面猛指。

「你們不要出去——」海倫轉身對帕頓一家喊道，隨後就跑了出去，她感覺本傑明是在叫她去增援。

海倫推開後門，來到院子裏，本傑明看她出來，又指了指北面，自己先跑了。

海倫感覺南森那邊出了什麼事，一路狂奔，她要火速趕去增援。

跑出去幾百米，海倫看到南森他們一路向自己這邊跑來，她連忙迎了上去。

「博士，怎麼了？」海倫問道，她發現南森他們身後並沒有追兵。

「海倫，你怎麼出來了？」南森大聲地問，那口氣很是焦急。

「本傑明叫我來的呀。」海倫當即就迷惑了，她指了指本傑明。

「我什麼時候叫你了？」本傑明也是一臉迷惑，「我一直和博士在一起呢。」

「快走，我們上當了——」南森説着向帕頓家飛跑過去。

帕頓家裏，帕頓夫婦看見海倫跑了出去，更加驚慌了。帕頓父親拿起了一根高爾夫球桿，這是他反擊魔怪的武器，海洛伊絲的媽媽緊緊地護着女兒，她的身體微微地顫抖。

帕頓也不知道會發生什麼，他拿着球桿，來到後門，小心地打開門，向外面看着。海倫是從這裏跑開的，不過帕頓什麼都沒看到。後院裏平靜的和往日一樣，再往前看，就是街道，似乎也沒什麼。

忽然，不遠處有個什麼東西一晃，帕頓以為是一隻松鼠，但仔細一看，芳丹娃娃正在飛快地向這邊跑來。

帕頓立即關上門，並用身體用力地倚靠着門。

「快給博士打電話——」帕頓大聲地向裏面的帕頓太太喊道。

「咣——」的一聲，整個後門被芳丹娃娃踢開，帕頓先生被撞得飛了出去。

「啊——啊——」帕頓太太手裏拿着電話，看到帕頓爬在地上，後門打開，芳丹娃娃走了進來，嚇得大叫。

「啊——」海洛伊絲也大叫起來，不過她突然看到芳丹娃娃，又有些興奮，「芳丹，你為什麼把我爸爸撞到地上？」

「它是壞人——」帕頓太太一下就把女兒給拉到了身後。

芳丹娃娃直接向海洛伊絲撲了過去，它的雙眼裏露出了兇光，這兇光直直地射向海洛伊絲。

「噹——」的一聲，帕頓出手了，他的高爾夫球桿重重地砸了在芳丹娃娃的身上，芳丹娃娃頓時被砸癟，不過芳丹娃娃隨即恢復了原來的身形，回頭看了帕頓一眼。

帕頓看到芳丹娃娃轉瞬間就恢復過來，也驚呆了。

「嗖——」的一聲，一道白光射向帕頓，帕頓連忙一躲，白光擊中了他的肩膀，他慘叫一聲，倒了在地上。

「啊——啊——」帕頓太太不知所措，只有驚叫。

「哇——」海洛伊絲從母親身後探出頭，看到了這一切，大哭起來。

芳丹娃娃走上前，伸出一隻手，猛地一掃，帕頓太太頓時被推倒在一邊，它的面前，只有大哭的海洛伊絲了。

「不能……不要……」帕頓掙扎着，但是站不起來，他伸着手，「不要傷害她——」

芳丹娃娃飛身跳起來，它的雙手的指尖，已經變得又長又尖，而且還發散出鋼鐵般的寒光，它揮着手，對着海洛伊絲的脖子掃過去。

「嗖——」的一聲，客廳立櫃下方，飛出一枚追妖導彈，不過這枚導彈的彈頭部分不見了，取代的是一根長長的釘子。追妖導彈直接射中了飛起來的芳丹娃娃，芳丹娃娃的身體被釘子射穿，隨後是「噹」的一聲，射穿芳丹娃娃的導彈把芳丹娃娃的身體，釘在了牆壁上。

「呀——呀——」芳丹娃娃慘叫着，用力地扭動身子，試圖擺脱束縛。

帕頓掙扎着站了起來，他舉着高爾夫球桿衝過去，不過一部手機先飛了過去，那是帕頓太太扔過去的，但手機沒有砸中芳丹娃娃。

「啊——」芳丹娃娃用雙手抓住那根釘子，用力往外拉。

後門那裏，南森和海倫先後衝了進來，隨後是本傑明和派恩。

芳丹娃娃把釘子拉了出來，它和追妖導彈的彈體一起掉在了地上，芳丹娃娃用力一竄，擺脱了釘子。這時南森已經衝了進來。

「嗖——」南森對着芳丹娃娃射出了一道電光，他能明顯地看到，芳丹娃娃毛衣最下面一圈，已經不見了。

芳丹娃娃就地一滾，身體比剛才又縮小了一半，電光沒有射中它，它猛地一竄，身體從地上彈射起來，把客廳的前窗撞破，跳到了室外。

保羅從房子的一側包抄前門，他剛到，就看見芳丹娃娃跳了出來，他飛撲上去，對着芳丹娃娃一口咬下去。

芳丹娃娃一個翻身，它的身體又縮小了一半，保羅沒有咬到。芳丹娃娃縱身一跳，隨即就跳到了街上，它落地後又是一跳，這一跳飛出去十幾米，落地後又是一跳，又飛出去十幾米。

保羅立即追了過去，本傑明和海倫也推開前門追過去，芳丹娃娃跳躍地移動着，很快就把保羅他們甩開了上百米。

「唓——」保羅不追了，他躬起了腰，身上的追妖導彈發射架彈出，奇怪的是，他的追妖導彈是四個一組的導彈發射架，此時只有三個，缺了一個，三枚彈頭全都對準了芳丹娃娃逃走的方向。

「保羅……」海倫手足無措，小聲地說，那意思是在制止。

「哎——」保羅緊咬着牙，隨後歎了一口氣，身體放平，五秒鐘後，他很是無奈地收起了追妖導彈發射架。前方，有很多民宅，他不能隨意射擊。

本傑明又追了幾十米，芳丹娃娃的信號在幽靈雷達上消失了，本傑明站了在原地，憤怒地看着芳丹娃娃逃走的方向。

第八章　屋頂之戰

帕頓家裏，南森對肩膀被射傷的帕頓進行着緊急治療，他把半瓶急救水倒在了帕頓肩膀上，又給他喝了好幾口。派恩在安慰受驚過度的帕頓太太和海洛伊絲，還好他倆沒有受傷。

海倫他們回來了，本傑明看了看南森，搖了搖頭，南森明白他的意思，他們晚到了一步，如果芳丹娃娃剛被釘着的時候，他們能趕到，就能抓到它。

「博士，多虧你有防備。」海倫從櫃子下面拉出來一個追妖導彈的發射架。

這個導彈發射架，是南森一天前從保羅的四個一組的導彈發射架上拆下來的一個，裏面的一枚導彈被博士改裝了一下，有炸藥的彈頭被拆下來，換上了一枚長釘，專門用來對付芳丹娃娃的，彈頭的爆炸會傷害到所有人，只能用長釘對付芳丹娃娃。導彈發射架上帶有自動識別系統，發現芳丹娃娃要攻擊海洛伊絲，就會自動發射，攻擊芳丹娃娃。

小助手們整理着房間，芳丹娃娃剛才撞壞了一塊玻璃跑掉的，玻璃碎了一地，屋裏屋外都有。其他地方還好，這時，帕頓走到了南森身邊。

「博士……我……」帕頓很是恐懼地説，「能不能找一個安全的地方，這裏被芳丹娃娃盯上了，剛才海倫怎麼跑開了呀，你們不保護我們了嗎？」

「剛才我們上當了。」南森很是尷尬地看了看帕頓，「請你放心，我基本上有了辦法，你們也有搬離這裏的必要……」

南森叫來保羅，把他另外三枚追妖導彈，全部卸掉彈頭，換成了長釘，加上剛才射中芳丹娃娃的那枚導彈，四枚攻擊部分換成長釘的導彈，裝到了保羅的導彈發射架上。

帕頓夫婦帶着海洛伊絲去樓上休息了，帕頓的傷口使用了急救水，但是徹底痊癒也要一天後。

南森他們全部在一樓客廳集合，南森把前後大門都打開，讓保羅做好攻擊準備。

「做好攻擊準備，是因為芳丹娃娃可能還會過來攻擊。目前看，它也改變計劃了，只要能殺害海洛伊絲，也不在乎是不是生日當天了。」南森説着看了看玻璃破損處，那裏被報紙貼住，遮蓋起來，徹底換掉應該是要解決了芳丹娃娃以後了，「現在，我們先梳理一下剛才的事，很明顯，我們上當了，上次我們讓海倫變化成海洛伊絲的模樣，騙了芳丹娃娃。這次，它還了回來，剛才它變成了本傑明的模樣，騙走了海倫，這裏成了無人防守的房間，芳丹娃娃就殺了進來。」

「剛才那個假的本傑明也不説話，只是揮手，我還以為有什麼急事呢。」海倫懊惱地説，「芳丹娃娃見過本傑明，還和本傑明交過手，它真是狡猾，它一定是看到你們出去追它，而我不在你們的裏面，判斷出我在家裏留守，才變成本傑明的樣子來騙我，可是它並不清楚本傑明的聲音，所以不説話，只是比畫着，但也把我騙了。」

「海倫説得對，這一切都在它的算計之內。」南森點了點頭，説着他拿出一個透明的物證袋，裏面就是芳丹娃娃毛衣最下面被裁下來的一圈，「它把自己衣服最下面一圈剪了下來，套住和自己體型一樣大的一根斷枝上，放到那個街心花園的長椅下，然後向我們這邊靠近，我們出來抓它後，它一路向街心花園跑去，把我們引向那個斷枝，因為這一圈毛衣常年被它穿着，有很強的的魔怪反應，所以無論是老伙計的魔怪探測系統還是幽靈雷達，都鎖定了這個信號源。」

「它是不是趁我們都去街心花園了，然後遮蓋掉自身的魔怪反應，去騙海倫了。」派恩問道。

「是的，它居然有這能力，遮蓋掉魔怪反應後，我們的魔怪預警系統和幽靈雷達就只鎖定街心花園的信號了。」南森看看派恩，「不過我推斷它遮蓋魔怪反應的時間不會很長，因為這樣耗費魔力，所以它一般情況下都並不遮蓋魔怪反應。」

「事實上我的幽靈雷達現在還有魔怪信號。」派恩指了指南森手裏的物證袋，「那一圈毛衣現在還在散發着魔怪反應。」

「這個芳丹娃娃的思考力很強大呀，居然反騙了回來。」海倫搖了搖頭，對於剛才被騙，她很是不舒服，「博士，幸好你有備了手，改造了一枚追妖導彈。」

「我不知道它未來怎麼出手，所以只能在防守方面多下功夫。」南森説，「剛才的事情大概就是這樣，我們進行了梳理總結，接下來……」

南森説着，環視着小助手們。海倫他們都認真地看着南森，等待着南森的吩咐。

「不能再這樣被動了，剛才芳丹娃娃差點得手，目前它一定躲在哪裏，驚魂未定呢，因為它也差點被我們抓到。」南森轉頭，意味深長地看看外面，「但是它一定還會來的，它的目的就是要完成巫師的任務。」

「它不會得手的，我不會再上當了。」海倫連忙説。

「現在的情況是，帕頓一家受到了驚嚇，都要出去躲一躲呢。」南森的語氣很是有些抱歉，不過他隨即堅定地看着大家，「剛才的事不能再發生了，我們分兩步走，首先，保羅的追妖導彈全部換成長釘彈頭，芳丹娃娃再出現，我、本傑明和保羅衝出去迎擊，派恩和海倫留守。」

「另外一步呢？」本傑明和派恩一起着急地問道。

「另外一步，就很關鍵了。」南森説着頓了頓，「晚上，我們把帕頓一家送出去，躲一下。」

「啊？」本傑明和派恩一愣，「我們躲着芳丹娃娃了？真是丟臉呀，我們居然怕芳丹娃娃……」

「可是我剛才被騙，直接導致帕頓先生受傷呀。」海倫對帕頓的受傷，一直很是愧疚，「我都保護不好他們一家。」

「帕頓一家的撤走，是我計劃的一部分，很重要的一部分，到時候你們就知道了。」南森説着，忽然淡淡的一笑。小助手們被這一笑，笑得心裏更沒底了。

南森上樓，把自己的計劃告訴了帕頓一家，他們很是高興，當然要積極配合。南森叫帕頓安心養傷，即使自己和本傑明出去，樓下還有海倫和派恩兩個人保護。

南森來到樓下，此時已經是中午了，他們照樣叫了午餐外賣。保羅一直在走廊裏來回走動，有時候還延伸範圍，一會待在後院，一會待在前門，他在搜索芳丹娃娃的魔怪信號。按照博士的説法，芳丹娃娃應該還會在附近出現，它會不斷嘗試接近這裏，找機會對海洛伊絲下手，而保羅的追妖導彈，換了彈頭後雖然不能爆炸攻擊，但是能把它釘在什麼地方，就像上午那樣，也是一種攻擊。

下午一點多後，本傑明靠在沙發上，忙碌了一上午，他有些累了，不過他努力保持着戰鬥狀態，一旦發現芳丹娃娃，他隨時要和南森一起出擊。

「身上扎了個洞，我想它一定去補衣服了。」派恩靠在沙發上，嘲笑地説，「或者乾脆去買新衣服了。」

「它自己還把毛衣下面一圈給剪下來了呢。」本傑明跟着説，「這傢伙是中世紀的玩具娃娃，那時候沒有毛衣吧？」

「那時候沒有，但是它可以從現代的玩具娃娃身上弄一件毛衣穿呀。」海倫説道，「那條藍裙子也是，這個傢伙，褐色的毛衣搭配藍色裙子，這都是什麼顏色搭配呀，想想都覺得難看。」

「魔怪能有什麼審美。」保羅從走廊走過，聽到他們的對話，插話道。

「保羅，你能不能不要總是走來走去的，我看着眼暈。」本傑明晃晃頭，「芳丹娃娃，什麼時候再來呀？」

「我覺得它好像在過來。」保羅忽然站住，警覺地看着前門的方向。

大家是面面相覷，本傑明和海倫站了起來，派恩不敢出聲，南森則從後院那邊走了過來。

「沒錯，芳丹娃娃。」保羅一字一句地説，「它在南面，一點點地向我們這邊靠近呢。」

「按計劃行動。」南森揮了揮手，帶着本傑明和保羅就從房間的前門衝了出去。

海倫和派恩一個守在前門，一個直接上了二樓。

「博士，芳丹娃娃似乎不動了，它距離我們有五百多米。」保羅邊跑邊説。

「老伙計，聽我命令，準備發射追妖導彈——」南森説着，穿過了一條小馬路。

他們全力向前，保羅鎖定住了芳丹娃娃，芳丹娃娃的魔怪反應信號，已經不在移動，而是在原地輕微地晃動着。

保羅提醒南森，芳丹娃娃似乎是爬到樹上或者屋頂上去了。前面，除了房子，就是房子周圍的大樹，他們距離芳丹娃娃越來越近了，距離芳丹娃娃二百米的時候，南森和本傑明躲到了一棵樹後。

「老伙計，測一下它和我們的準確距離。」南森低頭看看保羅。

「十二點半方向，距離一百九十六米，它的高度是九米，它絕對在樹上或屋頂上。」保羅立即回覆道。

「準備發射導彈。」南森説着揮揮手，他們走出了那棵樹，向前開始緩慢地移動。

南森讓自己的眼睛開啟了「分辨識別」功能，這樣他能從前方眾多的樹葉和樹枝中，識別出芳丹娃娃。相對來説，他們更容易被芳丹娃娃發現，不過那個芳丹娃娃自恃有魔力，身體極其靈活，對南森他們也不是很害怕，不會見到南森他們就立即逃跑。

他們又向前移動了一百米，忽然，南森透過一棵大樹的枝葉，看到了大樹後一所房子煙囪上的芳丹娃娃，芳丹娃娃也看到了南森，由於開啟了「分辨識別」眼，南森都能看到芳丹娃娃發出的蔑視微笑。

芳丹娃娃知道自己被發現，於是開始向煙囪下爬，不知道它是要來正面對戰，還是轉身離去。

「發射——」南森喊了一聲。

「嗖——嗖——嗖——嗖——」，保羅對着芳丹娃娃，一口氣就射出了四枚追妖導彈。

芳丹娃娃正在從高大的煙囪上爬下來，這時，它感受到了身後來襲的風聲，緊接着，一枚追妖導彈擦着它的身體飛了過去。芳丹娃娃一驚，「噹——噹——」兩聲，它被隨即射來的追妖導彈釘在了煙囪上，最後一枚追妖導彈則扎在了它的腳下。

芳丹娃娃開始激烈地扭動起來，它這次是面對着煙囪，長釘是從它後背扎進煙囪壁的，它的雙手無法抓住長釘往外拔，它激動地雙手亂舞。

南森看到芳丹娃娃被釘在了煙囪上，急忙飛奔過去，

保羅和本傑明緊緊跟上。

南森很快就來到那所房子前，房頂的煙囪那裏，芳丹娃娃還在掙扎。南森縱身一躍，跳上了房頂，芳丹娃娃轉頭，看到了南森，它還被固定着。南森站在了房頂上，他準備再次飛躍起來，用手抓住芳丹娃娃。

芳丹娃娃急了，它扭動着身體，想把兩枚追妖導彈晃下來，這時，本傑明也跳到了房頂上，房頂有坡度，很是不好站立。

南森飛身而起，他跳了足有三米多高，伸手就抓住了芳丹娃娃。

「啊——」本想把芳丹娃娃撕扯下來的南森大叫起來，他抓着芳丹娃娃的手電光四射，南森被電到了，他重重地跌落在房頂上，身體向下一滑。

本傑明上前一步，拉住了南森，以免他掉下去。電是芳丹娃娃發射出來的，這是它逃生手段的一種。南森掙扎着坐了起來，他的手掌疼痛，幾乎不能被控制。

「嗖——」的一聲，本傑明向芳丹娃娃射出了一枚凝固氣流彈，凝固氣流彈隨即爆炸，一片煙霧中，本傑明吃驚地地發現，最上面扎着芳丹娃娃的那枚追妖導彈被炸飛了，而芳丹娃娃卻沒什麼事。

「哈——」芳丹娃娃少了一根釘子的束縛，高興極了，它的身體在另外一根釘子上轉了兩圈，隨後，它努力地扭了扭身子，身體後仰，雙手撐住了導彈的彈體，雙腳蹬在牆壁上，一用力，追妖導彈的長釘被拔出了牆壁，掉了下去。芳丹娃娃縱身一躍，從長釘中脱身出來。

本傑明瞪大了眼睛，完全不知所措了，南森看到芳丹娃娃已經落在了屋簷上，他的手還是很疼，但是他依舊向屋簷上邁了兩步，想去攻擊芳丹娃娃。

「本傑明——」保羅在地面的草地上，把這一切看得清清楚楚，他已經發射了所有的追妖導彈，對芳丹娃娃毫無辦法，「你救了它——」

「我、我也不想的……」本傑明驚慌失措地説，「它、它……」

芳丹娃娃看了看正在向屋簷上爬的南森，詭秘地笑了笑，隨後一個翻身，翻到房簷的另外一邊去了。

「嗖——」本傑明射出的一枚凝固氣流彈，擦着房簷頂飛了過去。

「本傑明——」保羅又喊起來，「你還發射氣流彈？沒用的——」

「我、我……」本傑明恨不得立即收回那枚氣流彈，但是氣流彈打在一棵樹上，爆炸了。

南森爬到了屋簷上，屋簷的另一邊，芳丹娃娃早就不見了蹤影。

「媽媽——」一個小男孩站在屋頂下的草地上，驚慌地喊道，「我們家屋頂上有個老爺爺和一個小孩，他們在屋頂上打仗——」

第九章　小丘上的獨立屋

非常尷尬的一次出擊。南森和本傑明從屋頂上下來不久，員警也趕到了。還好警方已經得到了通知，魔幻偵探所最近要在這一片區域進行抓捕，南森沒怎麼太多解釋。最後，他們還被警方送回到了帕頓家，回來之前，警方還幫他們找回了四枚散落在房屋上和房屋旁邊的追妖導彈。

南森的手掌心都被電黑了，他使用急救水塗抹，然後還喝了一些。本傑明一直垂頭喪氣的，保羅沒少埋怨他，他剛才那一發凝固氣流彈，炸飛了一根長釘，否則被兩根長釘固定住的芳丹娃娃，沒有那麼容易擺脱束縛的。

南森倒是沒什麼，他叫保羅不要再去埋怨本傑明。帕頓家裏這次還好，芳丹娃娃沒有再次攻擊。派恩已經做好了準備，他倒是盼着芳丹娃娃再次過來，他準備和芳丹娃娃決一死戰的。

「這次行動全被本傑明破壞了！」派恩揮着手臂，「要是讓我天下第一超級無敵魔幻小神探去，結果就不一樣了……」

「你去什麼去？你看見當時的情況了嗎？」本傑明很不高興，「你知道什麼呀就亂說……」

「不用看，就你那個手忙腳亂的樣子，我能想到。」派恩不依不饒地說。

「好了，好了。」海倫連忙打斷派恩的話。

「沒心情和你吵。」本傑明擺了擺手。

「又一次失敗了。」南森的手掌已經感覺好多了，「沒關係，我們按計劃執行另一個方案，而且……」

南森說着，又是淡淡地一笑。大家則都有些憂心地看着南森。

「這次，它更加得意了，更加覺得自己很厲害、我們怕它了。」南森繼續說道，「這也是一件好事，倒是有助於我們下一步的行動。」

接下來的時間，魔法偵探們沒有再發現芳丹娃娃的魔怪信號，它的身體剛才又被射穿兩個洞，估計先要到什麼地方去修補了。

經歷過這些事，海洛伊絲似乎變得懂事了，現在，她已經不那麼愛哭愛鬧了，她感到家裏正在經歷着什麼，也不到處追着保羅玩了。明天就是她的生日了，帕頓夫婦很是擔心，看到南森他們一次次地出擊無果，他們也是很着急的，但是又毫無辦法。

天很快就黑了。天黑後，海倫就上到了二樓，她在南北兩側的窗邊，各放了一台幽靈雷達。保羅則樓上樓下地不停跑着，他的魔怪預警系統也不停地搜索着四周的魔怪信號。

晚上九點多，帕頓家的西面，有微弱的魔怪信號出現，芳丹娃娃又來了。午夜十二點一過，就正式踏入海洛伊絲的生日了。

南森他們這次沒有出擊，同時，芳丹娃娃的信號出現後，僅僅是向帕頓家這邊移動了不到五十米，就停止了前進。

「它要是靠近強攻，我們在屋子外面和它決戰。不過這種可能性不大。」南森在二樓，拿着一台幽靈雷達，雷達顯示芳丹娃娃距離帕頓家有三百米，「如果它僅僅是在觀察，那就讓它好好觀察，我們不理它。」

芳丹娃娃應該是又爬到了屋頂上或者是樹上，兩個小時過去了，它就在那裏，一動不動的。它在為新的攻擊做準備，或者是想辦法，它是一定要完成巫師的任務。

南森他們都警覺地守在窗邊。外面，一片寂靜，微風輕推樹枝，街道上一個人也沒有，附近的房屋一個個地關燈，大家都開始休息了。

天空之上，一輪圓月高掛，把微光送到大地上。外面的寂靜，有些令人恐懼。

南森看了看手錶，已經十一點多了。他對海倫點了點頭。

海倫拿起了電話，撥了個號碼，很快，電話通了。

「過來吧，這邊都準備好了。」海倫說完，收起了電話，她看看南森，「大概十二點到。」

「十二點，正好是海洛伊絲的生日。」南森說着看看外面，「一個很特殊的生日呀。」

三百米外，不知是在屋頂還是樹上的芳丹娃娃，還是沒有離開，它就靜靜地待在那裏，也許一個新的攻擊計劃已經形成，也許它就要展開新的攻擊。

臨近十二點鐘，院子前有一陣汽車的轟鳴聲，兩輛汽車開了過來，汽車開到門口後，快速熄滅了前燈。兩個魔法師聯合會的魔法師從第一輛車上走了下來。

房間裏，帕頓夫婦已經等在客廳了，海洛伊絲已經睡着了，傷已經好多了的帕頓抱着熟睡的海洛伊絲。

海倫把門輕輕地打開，兩個魔法師站在了大門前，海倫對他們點點頭。兩人一左一右地站在門旁，警惕地看着四周。

帕頓抱着海洛伊絲，匆匆地走出家門。剛跨出家門，跟在他身後南森碰了碰他。

「可以了。」南森小聲地說。

帕頓狠了狠心，狠狠地把海洛伊絲晃醒。

「別睡了，快起來——」帕頓說。

海洛伊絲被晃醒，很是不開心，還沒有等她鬧，就被帕頓又說了幾句，她更不開心了。

「哇——哇——」海洛伊絲大哭起來，「我要媽媽——」

「不要哭——」帕頓有些大聲地說。

帕頓太太連忙接過海洛伊絲，向汽車走去。開車的魔法師連忙下車，把車的後門打開，帕頓太太抱着海洛伊絲坐了進去，隨後，南森坐到了副駕駛的位置上。

小助手們和剛才兩個敲門的魔法師全都坐進了第二輛車，最後離開的本傑明重重地關上了帕頓家的大門。

「走吧，慢點開。」南森對駕駛員說。

兩輛汽車啟動了，一前一後，向西面開去。汽車行駛的速度不算快，十多分鐘後，兩輛車開上了一個小丘，小丘上有一所獨立的兩層房子，汽車在房前停下。

第一輛車剛一停下，南森推開車門下車，緊接着，後車門也打開，帕頓太太抱着睡着了的海洛伊絲從車上下來，那邊，一個魔法師已經打開了大門，他們匆匆地進了房間。進到房間後，似乎是在擔任警戒的海倫他們也從第二輛車上下來，進到房間裏。

半分鐘後，幾個魔法師從房間裏走出來，鑽進汽車，開車走了。

房子四周立即又變得平靜下來，就像是什麼都沒有發生過一樣。這是一所獨立屋，距離帕頓家十公里遠。看上去很明顯——由於害怕，帕頓一家在魔法偵探的安排下，轉移到了這裏。

幾百米外的一棵樹的樹枝上，有個影子一閃，樹枝輕輕地搖晃了一下，芳丹娃娃看着遠處的獨立屋，冷笑起來。

獨立屋中，南森他們只開了一盞小燈，他們都坐在一間屋子裏。

剛才進來的帕頓一家，根本就不在獨立屋裏，他們其實沒有下車，海倫、本傑明和派恩，停車後利用穿牆術，隱身鑽進了前面的車。海倫變化成帕頓太太的模樣，本傑

明變化成帕頓的模樣，派恩則變化成海洛伊絲的模樣，「帕頓太太」抱着「海洛伊絲」下了車，和「帕頓」一起進到房間裏。進入後他們先是恢復自己的模樣，隨後隱身穿牆回到第二輛車裏，解除隱身後下車，進到了獨立屋裏。

真正的帕頓一家，已經在魔法師的保護下，前往了倫敦魔法師聯合會，此時應該已經快到了。

「老伙計，你確保芳丹娃娃在我們出來後，跟了上來嗎？」南森小聲地問道。

「我能確保它看見我們出門了，尤其是故意把海洛伊絲弄哭，凌晨時分那麼大的哭聲，而且還是它的目標，它一定會聽見的。」保羅很是肯定地說，「它一直在隱藏自己的魔性，避免被我們發現，但是長時間隱蔽魔性要耗費極大的魔力，我斷斷續續地能探測到它，我們的車開出來的時候，它也跟上來了。」

「那就是它察覺到我們轉移了，很好。」南森很是滿意地說，「就怕它不知道。」

「四百多米外的位置，剛才有魔怪反應，只有十幾秒，就是芳丹娃娃的魔怪信號。」保羅又說，「它跟了過來，我們的車開得不很快，它跟得上的。」

「這麼説，它完全鎖定這個獨立屋了。」南森點點頭，他看看四周，「魔法師聯合會找到這所房子不錯，遠離其他居民，很適合我們行動。」

「博士，它的信號要是再出現，我要不要直接轟擊？」保羅説道，「海倫把爆炸彈頭都恢復了。」

「不要，距離稍有點遠，萬一沒有一發斃命，它又會逃走。」南森搖搖頭，「按照原計劃，讓它主動來，今天就是海洛伊絲的生日了，這原本就是它動手的日子，它一定會想方設法進來，我們等着它來。」

「保羅，現在就靠你了，它要是在四百米外，我們的幽靈雷達探測距離不夠。」海倫很是有些不放心地説。

「我會鎖定它的，關鍵是它上當了，以為海洛伊絲在這個房子裏。」保羅有些得意地晃晃頭，「我們就等着它來了。」

「白天的時候，我們還要扮演帕頓一家。」海倫忽然想起什麼，他看看本傑明和派恩，「有得忙了……」

第十章　薄餅外送

這時已經將近凌晨兩點了，大家輪番休息，保羅在二樓，監視着外面。派恩有些擔心芳丹娃娃突然殺過來，南森判斷說即使它殺過來，也要暴力撞門——因為它不會穿牆術，聽到響動後，大家正好一起迎擊。不過南森說芳丹娃娃不會這麼傻，它的抗擊打力的確強大，但是能否打贏幾個魔法師，它還是知道自己的水準遠遠不夠的。

果然，一晚上平安無事。不過保羅也沒有再搜索到芳丹娃娃的信號，天亮之後，大家都起來了。海倫他們做的第一件事，就是變成帕頓一家的模樣，在視窗轉了一圈，故意給外面看。

「還是不要太刻意。」南森坐在靠着牆角的沙發上說，「否則它會察覺這是一個圈套，這個傢伙現在警覺得很呢。」

「我也是擔心，萬一它識破了我們，跟着車去了魔法師聯合會該怎麼辦？」派恩站在視窗，此時他變化成了海洛伊絲的樣子。

「魔法師聯合會有那麼多魔法師，它要是敢進去就是自投羅網。」本傑明説，「它一定會放棄攻擊，但海洛伊絲不會永遠住在聯合會裏，萬一回到家，還是會被芳丹娃娃盯上的。」

「你們想太多了。」保羅説着從窗前跑過，「我覺得你們現在可以下樓吃飯了，不要再演戲了……昨晚誰能想到帕頓一家根本就沒下車，是你們變化的他們下的車。」

「等一下。」南森説着站了起來，他指了指自己，唸了一句魔法口訣，變成了海倫的樣子。

大家都有些驚奇地看着南森。

「視窗只有帕頓一家，不夠真實，我們昨天可是一起來的呀。」南森變化的海倫走到視窗，「現在海倫要和帕頓一家同框了，這樣更加真實。」

南森説着，在窗口站了十幾秒，隨後走到窗邊，恢復成了自己的樣子，然後再次走到視窗，這次是南森和帕頓一家同框。

上午的時候，「帕頓一家」三次出現在視窗，兩次在二樓，一次在一樓，全是演給芳丹娃娃看的，但是不知道這樣的表演是否有效，因為保羅沒有發現任何魔怪信號。

海倫打電話給倫敦的魔法師聯合會，那邊回饋回來，帕頓一家在聯合會裏非常好，聯合會附近也沒有任何魔怪信號。事實上，魔法師聯合會的魔怪探測設備更加強大，搜索範圍能達到三公里遠，識別能力也很強大，當然這種設備的體積也非常大。

留在帕頓家的一台幽靈雷達，也沒有搜索到任何的魔怪反應。芳丹娃娃彷彿像是消失了一樣，這下讓海倫他們很是不安起來，他們特別害怕被芳丹娃娃識破，先躲了起來。

南森則很是有信心的樣子，他在樓上樓下走了走，觀察着窗外的情況。

「可以叫他們送蛋糕過來了。」南森看了看手錶，「躲到這裏了，生日也要過呀，要演戲，就要把戲做足。」

二十分鐘後，一輛外送汽車開到了房子門口，一個魔法師裝扮的糕點店的外送員從車上下來，手裏還提着一個生日蛋糕的盒子。海倫變化的帕頓太太開的門，收下了蛋糕，本傑明站在門口，警惕地向外望着，他這次是本色演出，沒有任何外貌變化，就是他自己。

海倫關上們，把蛋糕放到了桌子上。隨後變化回自己的模樣。

「它要是在附近，這下應該看得很清楚了吧，海洛伊絲的生日蛋糕可是送到了。」

十分鐘後，保羅果然發現了一個正在接近的魔怪信號，這個魔怪信號時隱時現，它正是芳丹娃娃。

本來還在憂心忡忡的本傑明和派恩都興奮起來，他們全部做好了準備，本傑明的手中，拿着一根捆妖繩，而派恩的手裏，拿着的是一枚追妖導彈。

芳丹娃娃借助着房門前的花草灌木，左躲右閃地接近了大門，它在一株灌木叢後停了下來，南森就在大門旁，用透視眼看着芳丹娃娃，芳丹娃娃躲在灌木後，不動了，足足待了有十分鐘。

本傑明和派恩真想出去抓它，但是不能保證一定抓到，此時的芳丹娃娃一定也很警惕。

南森看了看海倫，點了點頭，隨即，他自己變化成了帕頓的樣子，而海倫則變化成了海洛伊絲。

「海洛伊絲」把門打開一條縫，露出個頭來，隨後半開大門，向外走去。不過她隨即被帕頓拉了進去，海洛伊絲大哭起來，而那扇大門，則沒有完全關好，留了一條不到二十厘米的縫隙——這是南森在給芳丹娃娃創造機會呢。他們不敢模仿帕頓和海洛伊絲的聲音，怕模仿得不像，但是海倫可以模仿哭聲。

芳丹娃娃一陣激動，它立即竄出來，向大門衝去。

「撲啦啦——」獨立屋的房門上方的房頂，忽然落下來兩隻鴿子。南森用透視眼也看到了。而芳丹娃娃距離大門已經不到三米了，看到兩隻鴿子，它轉身就跑，一下就跑出去好幾十米，來到了小丘獨立屋對面的大樹後。

「鴿子嚇到它了，它以為是我們安排的呢。」南森很是懊惱，眼看芳丹娃娃就要進來了，「它警覺得很呀……海倫，把門關上吧，門不能一直就那樣敞開着，它會更加起疑心。」

海倫把門關上了。派恩激動地要出去把鴿子轟走，這個意外，破壞了南森的計劃。

「不要出去轟鴿子，等它們自己飛走。」南森擺擺手，「芳丹娃娃還沒走遠，它剛才只是疑心，它現在比誰都想進來。」

鴿子終於飛走了，但是大樹後的芳丹娃娃沒有過來，它還是躲在那裏，警覺而又耐心地觀察着獨立屋這邊。

保羅在二樓，它把追妖導彈發射架彈射出來，躬着背，一副要展開攻擊的樣子，不過隨後又把發射架收了回去。海倫變化成海洛伊絲的模樣，從窗前飛快地跑過，她確信能被芳丹娃娃看到。

芳丹娃娃無動於衷，也許剛才遭到了驚嚇，也許是在思考着進入房間的辦法。

「快到中午了吧？」南森看看手錶，「嗯，我們給它準備最後一個進入的機會。」

海倫點點頭，隨後拿出了電話。

「過來吧，保持鎮靜。」

海倫説着，把電話放下，她告訴南森，要來的人十五分鐘後到，那個時間正好是正午十二點。

南森揮了揮手，大家一起到樓下，他們完全都布置好了，只等着芳丹娃娃上門了。

十多分鐘後，一輛「美味」薄餅店的送餐車停在了獨立屋下的道路上，一個外送員提着一個巨大的提袋，裏面飄散出濃郁的薄餅味道，那一定是剛熟的，似乎還在散發着熱氣呢。外送員手上拿着一個單子，站在獨立屋前，看了看不遠處獨立屋的門牌號碼，他似乎不是很確定，又看了一遍。

外送員當然也是魔法師裝扮的，他穿着「美味」薄餅店的制服，開的車也是這家店的，沒人會想到他的真實身分。

「外送員」站在原地，將近半分鐘，他當然是在給芳丹娃娃製造機會。隨後，外送員向獨立屋走去。

「嗖——」的一下，芳丹娃娃從樹後竄了出來，它縱身一躍，飛到了敞開口的提袋裏，提袋裏不僅僅有薄餅，還有一些番茄醬，湯等配料。芳丹娃娃跳進去後，迅速往最下層鑽，它的身體貼在了夾縫中，上面是一個湯盒。

外送員慢慢地走向獨立屋，來到獨立屋門口，他站在了那裏。

「可以敲門了。」海倫用對講機説道，他們都看見芳丹娃娃跳進袋子裏了，外送員其實戴着一個微型耳機。

外送員敲了敲門，南森親自來開門，他看到了外送員，點點頭。

「是南森先生叫的外賣吧？一共有四盒薄餅，還有三個湯。」外送員問道。

「是的。」南森說着似乎有些抱怨，「來晚了呀。」

「不好意思。」外送員說着把袋子遞進去，「這邊的路不熟悉，開過了一個路口，又倒回來的。」

「這邊的路確實不好找。」南森點點頭，接過那個袋子，「謝謝了。」

外送員告辭，他轉身離開。他不會離開很遠的，他會和剛才那個送蛋糕的「外送員」一樣，都躲在附近，守住周邊，他們都是南森從魔法師聯合會請來的魔法師，一共四個，全部在獨立屋外布控。

南森把提袋拿進屋子裏，隨後關上了門。房間進門有一個不到兩米長的走廊，南森走了幾步，忽然把袋子放在地上。隨後，南森走到沙發那裏坐下，看着那個袋子。

屋子裏靜悄悄的，就像是沒有住人一樣，能聽見屋外風吹樹葉的聲音，但是聽不到屋子裏的聲音。

芳丹娃娃就在袋子裏盒子的夾縫中，心裏有些得意，它借助外送食品，輕易地就來到了屋子裏。它用力地嗅着海洛伊絲的味道，不過既沒有聽到海洛伊絲的聲音，也沒有聞到海洛伊絲的味道，四周都是薄餅的味道，阻礙了它魔怪的嗅覺。

芳丹娃娃已經把自己的身體縮小了一半，它在等機會跳出來，當然要趁屋子裏的人不注意。它能感到，自己被提着走了幾步，就被放在了地上，原因是什麼，它也不知道。它不具備透視能力，看不到外面的情況，只能出了這個袋子才能知道外面發生了什麼。

袋子就放在地上，足足有兩分鐘。芳丹娃娃的感覺突然很是不好，這種突然的寂靜令它很是費解，關鍵是，它知道自己還在客廳裏，薄餅不是不能被放在客廳地上，但是更應該被放在桌子上，或者廚房裏，就這樣一進門就被放下，四周又突然陷入了寂靜，芳丹娃娃有些沉不住氣了。

芳丹娃娃輕輕地推開盒子，身體向上一躍，那個袋子從外面看，微微地動了動。隨後，芳丹娃娃先恢復了自己的原身大小，開始小心地往上爬，它要看看外面到底發生了什麼事。

第十一章　封閉的鋼鐵通道

芳丹娃娃爬上了那碗湯，它把頭小心地探出去，差點嚇得調回到袋子裏去。

它的位置，在剛進客廳的地方，右邊的沙發上，南森正在看着自己，正面，派恩和保羅在看着自己，左邊，本傑明看着自己，它一回頭，海倫在看着自己。

「這、這——」芳丹娃娃知道自己上當了，它瞪着大家，咬了咬牙。

芳丹娃娃從袋子裏突然跳了出來，隨後一個轉身，向大門衝去，而那裏的派恩和保羅，一點阻攔的意思都沒有。

「噹——」的一聲，芳丹娃娃撞在了什麼東西上，它的身體被彈了回去，它本想着衝殺出去，它覺得自己有這個能力。

倒在地上的芳丹娃娃立即站起來，隨後再次向大門衝去，「噹」的一聲，它又撞在了什麼東西上。芳丹娃娃急了，它站起來，向側面撞去，同樣，它還是撞在了什麼東

西上，這次它用了很大力，反彈力也很大，它的身體飛了出去，落在了地上。

「無影鋼鐵牆——」南森都沒有起身，他淡淡地說，他說話的聲音，芳丹娃娃完全能聽清，「準確地說，你在一個由無影鋼鐵牆組成的『通道』裏，但是這個通道前後左右上下都是封閉的……所以，你這樣撞是沒有用的。」

「啊——」芳丹娃娃大叫一聲，它可不死心，它的身體飛了起來，猛地撞在了海倫那邊的無影鋼鐵牆上。

「噹——」的一聲，海倫嚇了一跳，只見芳丹娃娃的身體被反彈回來，撞在派恩身前的無影鋼鐵牆上，最後掉在了地上。

無影鋼鐵牆是南森早就設置好的，無論是芳丹娃娃衝殺進來，還是找機會混進來，首先進入的就是這個「通道」。

海倫手裏拿着一根捆妖繩，她準備用咒語掀開鋼鐵牆的頂蓋，把捆妖繩扔進去，捆妖繩進去後，自己會把魔怪識別出來並牢牢捆住。

「啊——」芳丹娃娃坐起來，它當然不想束手就擒，它對着鋼鐵牆，射出了一道閃電。

閃電飛出去，射在牆壁上，頓時，火花四濺，鋼鐵牆的透明牆壁上，出現了一個小小的黑點。

芳丹娃娃又射出了一道閃電，但是這道閃電同樣在牆壁上留下一個黑點，鋼鐵牆依舊如故。

「老實點吧，你跑不了的。」本傑明在牆外看着氣急敗壞的芳丹娃娃，説道。

芳丹娃娃瞪着本傑明，忽然，它雙手一揮，身體突然飄了起來，它的身體橫向懸浮在「通道」裏，隨即開始高速旋轉起來，那速度越來越快，最後都看不清它的身體了，只有一個氣團一樣的物體。

大家都很吃驚，那個氣團一樣的物體，猛地撞向派恩一邊，派恩嚇得後退了一步。氣團的頂端，形成了一個鋭利的尖角，對着鋼鐵牆就鑽過去，它貼着牆壁旋轉，就像是一個電鑽一樣，芳丹娃娃要把牆壁鑽開。

火花四濺，鋼鐵牆有一片片黑色的碎屑掉了下來。

「博士，它、它……」派恩有些手足無措了，芳丹娃娃似乎就要把鋼鐵牆鑽透了一樣。

「雙倍厚度——」南森唸了一句魔法口訣，手一抬。

一堵鋼鐵牆飛了過去，加固在被鑽的牆體後，芳丹娃娃繼續旋轉着，火花到處飛濺。

「它的魔法會耗盡的。」南森冷冷地笑着，「五、

芳丹娃娃的捨身掙扎！
它最後能否脫身呢？

四、三、二、一……」

芳丹娃娃的旋轉速度很快緩慢了下來，南森剛進行完倒計時，芳丹娃娃就停止了高速旋轉，身體也掉在了地上，它掙扎着爬起來，大口地喘着粗氣。

「這一面你都沒有鑽透，我還有一面等着你呢。」南森不緊不慢地説，「你自己能估算出來的，你的魔力還有多少，有多少能量支持你這樣鑽下去。」

「你們、你們算計我。」芳丹娃娃忽然看着南森，它的雙眼射出怒火。

「因為你害人了，而且還要繼續害人。」南森也怒視着芳丹娃娃。

「我不會被你們抓住的。」芳丹娃娃説完大叫一聲，「啊——霹靂炸——」

「轟——」的一聲，「通道」頂部出現了一道閃電，隨後是爆炸聲。「通道」最上方的無影鋼鐵牆彎曲了一下，但是沒有被炸開。

「你還能來這樣一下嗎？你的魔力要全耗盡了。」南森説着走了過去，他很是生氣，「既然你這麼想出去，那麼我們來幫你。」

芳丹娃娃坐在地上，它大口地呼着氣，它的確沒有什麼魔力了。看到南森走來，它有點慌了。只見南森從派恩手裏拿過來一枚追妖導彈。

「開——」南森的手放在了「通道」上。

隨着南森的魔法口訣，最上方的無影鋼鐵牆開了一道縫隙，南森隨即把那枚追妖導彈扔到「通道」裏。追妖導彈掉在芳丹娃娃身邊，它嚇了一跳，連忙躲了躲。

「這個環境很好，如果我引爆這枚導彈，也不會驚擾到任何鄰居。」南森扶着無影鋼鐵牆的牆壁說，「我想，你能抵禦住導彈的爆炸，你覺得呢？」

海倫、本傑明和派恩，立即倒退了好幾步，同時捂上了耳朵，派恩還蹲在地上，身體側了過去。

芳丹娃娃看了看那枚導彈，嚇得連忙倒退着爬了幾步，不過它被牆壁擋住，它的身體緊緊地靠着牆壁，一副萬分驚恐的樣子，它伸着手臂，想護着自己，但是這根本無濟於事，它也不知道該保護頭部還是身體。

「那麼，你就準備抵抗一下導彈的爆炸吧，你殺人，魔力似乎很高。」南森說着也倒退了幾步，他看看保羅，「老伙計，準備引爆，三……」

「等一下——」芳丹娃娃大叫起來，它哀求地望着南森，「不要引爆——」

「噢，那麼你不準備頑抗了？」南森淡淡一笑，「其實，你可以借這個機會測試一下，看看你抗擊打能力到底有多強？」

「不要，我不要——」芳丹娃娃身體開始發抖了，它猛地撲倒鋼鐵牆面對南森的這邊，手扶着牆壁，「求你了，不要引爆，我、我聽你們的，我不跑了，我也不抵抗了……」

「很好。」南森點點頭，他看了看海倫，海倫手裏拿着一根捆妖繩，「那麼我們就安靜下來，好好聽聽你的故事。」

南森唸了一句魔法口訣，鋼鐵牆的「蓋子」微微掀了起來，海倫迅速地把一根捆妖繩扔進了「通道」裏。捆妖繩進去後，沒有落地，直接飛到芳丹娃娃身邊，隨後轉了幾圈，把芳丹娃娃牢牢地捆了起來。

芳丹娃娃被捆住，由於它身體小，捆妖繩很長，它只露了一個腦袋在外面，它表情痛苦，應該是捆妖繩勒得太緊的緣故。

「收起——」看到芳丹娃娃被捆住，南森一伸手，唸了一句魔法口訣。

無影鋼鐵牆被南森收了回去，芳丹娃娃躺倒了在地板上，派恩走過去，撿起追妖導彈，把它裝回到保羅彈出的發射架裏。海倫則走上前，把芳丹娃娃拿了起來，放到了茶几上。

被捆住的芳丹娃娃，兇悍的氣焰全無了，看上去那就是一個很古老的玩具娃娃，對誰都沒有一點威脅性，甚至很不起眼，要是不留意，都能忽視它的存在。

海倫通知了外面的魔法師，告訴他們已經順利地抓到了芳丹娃娃。她走到茶几旁的時候，南森他們已經坐在了沙發上，他們都看着那個垂頭喪氣的芳丹娃娃。

「芳丹娃娃……」靜默了半分鐘後，南森先開口了，他的語氣平緩，「既然你放棄抵抗，就要好好回答我們的問題，我們需要一些細節……」

「問吧，問吧。」芳丹娃娃很是不客氣地打斷了南森的話，「我跑不掉了，我這個樣子能跑掉嗎？你們厲害，能算計，還有那個導彈。」

「很好。」南森點點頭，「先說最簡單的吧，帕頓那個六歲的姑母，還有帕頓的堂弟，都是你殺害的吧？」

「是，是我殺的，而且我這次要殺海洛伊絲。」芳丹娃娃回答倒是很乾脆，也沒有躲躲閃閃。

「你是被巫師施咒的娃娃，這個巫師，名叫尼森·艾伯尼，對吧？」南森又問。

「對，尼森·艾伯尼，我的主人，他是巫師，我是他的陪葬品，我中世紀的時候和他被埋進去，我也是他的守護者，這些你都知道，為什麼還問？」芳丹娃娃居然表現得很是不耐煩了。

「你最好老實一些！」本傑明一拳砸在了茶几上，芳丹娃娃被震得一顫，「我們還沒生氣呢，你倒不耐煩了，你要不要和追妖導彈綁在一起呀？」

芳丹娃娃頓時有些恐懼地看了看本傑明，不那麼囂張了，它轉過頭去，不再看本傑明，看得出來，它明顯害怕了。

「你居然是個陪葬品，用一個詛咒娃娃當陪葬品。」南森確實有些不解了，「據我所知，巫師艾伯尼的墓碑下，有一些金銀器作為陪葬品，好像被盜了，金銀器應該不在了，墓碑也壞了，那麼你也一起被挖出來了？」

「所以說呀，你不都是知道的嗎？我的艾伯尼主人，大概七十年前，他的墓被盜了，金銀器被盜走了，我也被挖出來了，盜墓的可不是僅僅挖開墓碑，他把整個墓全都給挖開了。」芳丹娃娃說，這次它不敢那麼的不耐煩了，「誰會關注一個老舊的玩具娃娃呢，他弄走了金銀器和其他值錢的陪葬品。」

「原來是這樣，艾伯尼的墓被盜了，你跑了出來。可是你跑出來為什麼去殺帕頓家族六歲的孩子呢？」南森疑惑地問，「艾伯尼和這些孩子有仇嗎？不可能呀，相隔幾百年呢，而且六歲的孩子又不會去盜墓……」

「六歲孩子當然不會盜墓。」芳丹娃娃惡狠狠地說，「可是他們的家長會，帕頓姑母的父親，也就是帕頓的爺爺，就是那個盜墓的，是他挖開了艾伯尼主人的墓的。」

第十二章　巫師的報復

芳丹娃娃的話，震驚了在場的人。南森頓時明白了什麼。原來，芳丹娃娃就是艾伯尼的詛咒娃娃，詛咒的對象，就是盜墓者。艾伯尼生前預想到了死後可能會被盜墓，於是製造了芳丹娃娃，艾伯尼的詛咒就是——無論誰盜墓，那麼盜墓者本人會被芳丹娃娃殺死，而且未來三代，每一代都會有一個孩子在六歲生日到來的那天被殺死，這個詛咒的具體執行者，就是芳丹娃娃。巫師艾伯尼因此向芳丹娃娃注入了魔力，這樣芳丹娃娃才有能力去執行他的詛咒任務，它具有主動攻擊性。

帕頓的爺爺，當年挖開了艾伯尼的墓，拿走了金銀器等貴重物，詛咒隨即生效，芳丹娃娃當時也被挖出來，但沒有誰要這樣一個老舊娃娃。芳丹娃娃一路跟着帕頓爺爺來到他家，它要了解一下他的家庭情況，先殺死帕頓爺爺，然後殺死帕頓爺爺家未來三代裏的一個孩子，看起來帕頓爺爺當時才三十多歲，所以不可能有第二、三代的後代。帕頓爺爺盜墓當晚就到處聯繫買家，第二天就被捕

了，被判處了五年徒刑。芳丹娃娃不敢去監獄裏殺死帕頓爺爺，所以先瞄上了帕頓爺爺家三個孩子的老三，也就是帕頓的姑母，當時另外兩個孩子一個九歲，一個七歲，帕頓的姑母只有五歲，還不到六歲，所以芳丹娃娃要等到她六歲生日那天下手，然後等着出獄的帕頓爺爺下手，它完成了謀殺帕頓姑母的計劃，但是帕頓爺爺入獄後第二年就在一次毆鬥中被人殺死，芳丹娃娃只能完成另外兩個詛咒任務了。

「我說的這些，尤其是帕頓爺爺盜墓的事，你們都可以去查，他是被捕的人，警方有完整的資料。」芳丹娃娃講述完緣由後，說道，「我說的每一個字都是真的。」

「我倒是相信你說的這些，而且我們會回去警察局查詢。」南森陰沉着臉，非常嚴肅，「但是，即使是帕頓的爺爺盜墓，你們為什麼要殺害他家未來三代的孩子呢？這些人都是無辜的，帕頓也是規規矩矩的一個人。」

「這就是報復，讓帕頓家族裏的人痛苦，越痛苦越好，誰叫帕頓爺爺盜墓呢？」芳丹娃娃很是理直氣壯地說。

「你還是沒理解我的意思，我是說那些六歲的孩子也沒去盜墓，為什麼要死去？」南森擺了擺手說。

「因為帕頓爺爺盜墓，這就是艾伯尼主人給我任務，我要完成這個任務，我要殺死他們。」芳丹娃娃非常惡毒地說，「帕頓爺爺被別人殺死了，也就不用我動手了。」

「哎，巫師的思維，惡毒的思維。」南森看了看幾個小助手，「瘋狂的報復，不擇手段的報復，我們和巫師是兩個世界的人。」

「還有更壞的巫師呢。」海倫感歎起來。

「還有幾個問題，當時帕頓爺爺的兩個兒子已經過了六歲，所以你殺害了他六歲的女兒。那麼帕頓自己比他的堂弟要大，要先過六歲生日呀，怎麼你殺害的不是帕頓？」南森已經拿出了一個本子，邊問邊記。

「他五歲的時候，不知道跑到哪裏去了，足有三年多。當年我殺了帕頓的姑母後，就躲到他家旁邊的森林裏，準備等個二十年，殺他家下一代的人，後來我打探到帕頓出生了，當然首選就是他。」芳丹娃娃轉了轉頭，「我不可能常年盯着他，五歲過後不久，帕頓父母由於生意上的事，帶他去了意大利，一住就是三年，這些都是我後來知道的。帕頓是在意大利過了六歲生日，所以我就把目標鎖定在了他堂弟身上，帕頓八歲回來的，十一歲時，他的堂弟六歲了，他堂弟家在倫敦南部的薩頓，我在薩頓

帕頓的爺爺盜墓，芳丹
娃娃就殺死無辜的人，
究竟誰對誰錯？

下手的。無所謂，無論是他還是他堂弟，都是帕頓爺爺的第二代後人，殺誰都一樣。」

「你偽造了現場，假裝是意外？」南森接着問。

「當然要偽造出現場，否則被查出來是魔怪所為，那後面的任務就無法完成了。」芳丹娃娃說。

「那句『六歲生日來到，芳丹前來擁抱，只要真心期望，禮物就會拿到』的話，做成了一個喇叭，能反覆播放，是你迷惑受害者的吧？你用禮物作為誘惑，騙取受害者的信任，我想你躲在受害者身邊，一定是有目的的。」南森看了看芳丹娃娃。

「那當然，不了解他們，怎麼能混進他們的家，出手後不被發現。」芳丹娃娃冷冷地說，「最關鍵的是，我要在他們生日當天誘導他們單獨出門，我才好下手……」

芳丹娃娃的謀殺，都是有計劃的。它先是在謀殺進行的前幾天，在受害者單獨玩耍時，接近受害者，和受害者說話，讓受害者把自己帶回家，從而了解受害者的活動規律和細節，帕頓的姑母喜歡玩鞦韆，它就製造了鞦韆倒掉砸死受害者的假象，鞦韆是真的倒了，但是是被芳丹娃娃推倒的。帕頓堂弟喜歡騎腳踏車，芳丹娃娃就故意在他騎車下坡時，把他扔到斜坡崖壁下，製造了一宗意外。這兩次都是它誘導兩個孩子單獨外出，然後下手的。這次，它成功地潛入了海洛伊絲家，已經基本摸清了海洛伊絲的生活規律，但是動手前，被謹慎的帕頓給扔到了垃圾場。那句『六歲生日來到，芳丹前來擁抱，只要真心期望，禮物就會拿到』，是芳丹娃娃用來迷惑受害者的，那是安放在芳丹娃娃身上一個古老的喇叭發出的聲音，受害者播放，會時刻記得自己有一個巨大的禮物，這句話其實也是她即將行動的一個啟動語。芳丹娃娃害怕被識破，就告訴受害者，只要不把自己是怎樣進入受害者家的情況說出去，受害者生日當天晚上就能得到她任何希望得到的東西，如果說出去了，那麼就什麼都得不到了，未來生日也什麼都得不到了。受害者對這個會說話的娃娃很是信任，所以有人談及芳丹娃娃來歷時，受害者會很抗拒。

「我覺得……他們選擇六歲孩子下手，是因為剛剛六歲的孩子，心智還不是那麼完全。」海倫在一邊看了看南森，「否則一個七、八歲的孩子，一定覺得玩具娃娃會說話很奇怪，會到處去說的。」

「你猜得沒錯，再大的孩子就不那麼好騙了。」芳丹娃娃接過話，說着話的時候，它居然還有些得意。

「你被扔進垃圾場，很難才爬出來吧？」南森先是看看海倫，隨後又繼續問芳丹娃娃，「你為什麼不利用魔力快跑到帕頓家呢？」

「鑽出那麼厚的垃圾層我是用了魔力，我被埋了幾米深，不用魔力根本爬不出來，但是往回趕路我就是靠自己走，我的魔力也是有限的。」芳丹娃娃說，它轉頭看着派恩，「我看到了帕頓的車，應該是你們開的，我還以為是帕頓開的車呢，就想搭車一起去，結果看到了這張臉。我被發現了，但當時沒覺得你們是魔法師，我以為帕頓把車借給了朋友，不過你們停下車過來，我還是跑了，我不想引出別的事。」

芳丹說着，看了看派恩。派恩回瞪了一眼，還不屑地揮揮手。

「我還想問。」南森說着頓了頓，「既然你都知道我們是魔法師了，以前你偽造的意外一定也都暴露了，那麼這次為什麼一定還要殺進帕頓家，殺害海洛伊絲呢？你不想偽造現場了？」

「很簡單，首先我要完成任務，我被施咒了，一旦行動開啟，我就停不下來。而任務開啟就是艾伯尼主人的墓被挖開那一刻。」芳丹娃娃說，「另外，最重要的是，這是我最後一個任務了，前兩次偽造現場，是為了不被發現，可以繼續執行下一個任務，殺了海洛伊絲，我就沒有任務了，不需要偽裝了……可惜，被你們騙到了這裏。」

「我覺得我沒什麼問題了。」南森把筆放下，隨後看了看小助手們。

小助手們也都搖了搖頭。

「那麼，我要先解除它的魔力，讓它不再有攻擊力。」南森説着把手放在了芳丹娃娃身上，他的手掌裏，透射出一片白光，「它被解除魔力後，也就是個沒有生命的普通玩具娃娃了，但是我還是要把它送到魔法師聯合會去，作為一個標本，值得研究。」

尾聲

魔幻偵探所裏，南森他們回來後的第三天，屋子裏非常安靜，本傑明和派恩都在房間裏玩手機上的遊戲，海倫在切水果，南森和保羅都在實驗室裏。

「哎，又輸了。」派恩說着懊惱地把手機放下，他看了看海倫和本傑明，「你們幾個，都和我說說話呀，這個家裏也太冷清了。」

「你可以單獨待一會，順便思考一下人生。」保羅說着從實驗室裏走出來，他聽到了派恩的話，「你要學會享受孤獨。」

「孤獨？還享受？」派恩皺着眉，「我想享受吃的，不享受孤獨，保羅，你喜歡孤獨？」

「你們休息的時候，我都是一個人守到天明的，我享受孤獨，我不愛熱鬧……」

「這麼深沉？」派恩吃驚地看着保羅，「我覺得你很喜歡吵鬧的。」

這時，門鈴響了，海倫連忙去開門，保羅跟在她身後。

門開了，是帕頓先生一家，海洛伊絲看見保羅，就衝過去抱着保羅。帕頓手裏還提着一個大盒子。

「博士，快出來，帕頓先生一家來了。」海倫對着實驗室喊道。

南森穿着實驗室制服走了出來，笑眯眯地看着帕頓一家。

「感謝你們的幫助，非常的感謝，我都不知道該説什麼了……這次，要是沒有你們……」帕頓説着把大盒子放在長桌上，「請你們吃海洛伊絲的生日蛋糕，儘管她生日已經過去三天了，但是我們還是想再過一次生日，請你們大家品嘗……」

「你可真是太客氣了。」南森繼續笑着，「噢，我去換件衣服，你們可以來實驗室參觀一下我新研製的家庭用魔怪警報器，不過現在還不成熟，有時候一隻貓經過也會叫……」

「那太好了。」帕頓夫婦跟着進了實驗室，「還要感謝你們，海洛伊絲這些天似乎也懂事了，很安靜……」

他們進到實驗室一分鐘，外面就一片熱鬧，他們連忙出了實驗室。

只見海洛伊絲和保羅的臉上，都是蛋糕。海洛伊絲打開了蛋糕盒子，把蛋糕往保羅臉上抹，保羅也弄了幾塊蛋糕，抹在海洛伊絲臉上。海倫和本傑明、派恩在一邊給他們加油鼓勁。

「噢，老保羅，你最愛吵鬧，你還享受孤獨呢？」派恩笑着，在一邊喊道。

「我現在在享受熱鬧……」保羅説着向海洛伊絲扔過去一塊蛋糕。

「噢，安靜的海洛伊絲。」帕頓略有尷尬地站在那裏，他看到牆上都是蛋糕，連忙去制止女兒。

南森看着他們，笑了起來。

推理時間

麥克警長，蘇格蘭場（倫敦警察廳）高級督察，南森和警方的聯絡人，也是一名大偵探，屢破奇案。當然，他所偵辦的都是人類世界中的案件。一起來看看他偵辦過的案件，運用你的推理能力，想一想他是如何破案的呢？

掉進水槽的鑽戒

「怎麼會沒了？怎麼會呢？」一個手持鐵鏟的先生焦急地蹲在街邊，看着地面，「我們沒走多長時間呀。」

「經理，剛才我去旁邊超市問過了，大概我們回來前，門口的收銀員只聽到這裏有『轟轟』的聲響，但超市大門貼滿了廣告，擋住視線，他沒看見外面是什麼作響。」他身邊一個年輕人説道。

「『轟轟』聲？可是沒看見是什麼……」被稱作經理的人説，「哎，我的結婚鑽戒呀，很貴重，很有意義的。」

「發生了什麼事？」麥克警長從他們身邊經過，問道。

原來，這位經理帶着助理走過這條小街，兩人忙着討論一份合同，邊走邊看合同，經理不小心撞在消防栓上，摔倒了。摔倒的時候，手上的鑽戒飛了出去，剛好落在街邊的一個雨水水槽中。水槽上方蓋着一個有柵欄條的鐵蓋板，水槽是正方形的，半米寬半米高。他們看見鑽戒就掉在水槽底部，手伸不進水槽蓋板，只能打開蓋板才能拿到鑽戒，但是沒有工具是打不開蓋板的。兩人一個去街對面的商店，一個在街的這一邊，詢問每個店鋪，終於在一家五金店找到了工具，可是回來的時候，鑽戒已經不見了。詢問旁邊超市裏的人，只是説剛才外面傳來「轟轟」的聲音。

「幾天不下雨了，地面上沒有雨水，所以不可能被沖進下水道裏。」麥克警長看看四周，説道，「路過的行人也不會想到水槽裏有枚鑽戒的。」

麥克説着，忽然看到前面幾米的一輛小汽車的車輪後，有一張紙。

「這是……」麥克走了過去，撿起那張紙，「合同？」

「啊，那是我們的。」經理走了過去，「光顧着找鑽戒，合同都掉在這裏了。」

「你們等等。」麥克擺擺手，走向了那輛汽車。

汽車駕駛室有個男子，麥克看看車內，非常整潔。

「先生，你經常打掃這輛車吧？看上去很是乾淨。」麥克忽然問那個男子。

「是的。」男子點點頭。

「你一直在這裏嗎？」麥克又問，「那邊一位先生丟了鑽戒，你知道嗎？」

「不知道，我在等人呢。」男子說道。

「我覺得你在說謊，你拿走了那枚鑽戒……」麥克不客氣地說。

一系列盤問下，男子承認就是他拿走了鑽戒，他可是有特殊工具的。

請問：男子是怎麼拿走鑽戒的？

答案：男子的汽車距離水槽只有幾米，他不可能不知道後面發生了什麼。他經常打掃汽車，就要用到掌上型吸塵器，這種吸塵機有多種插咀，找一個扁頭就能塞到蓋板條下，吸走鑽戒。那「轟轟」聲就是吸塵器發出的聲音。他的特殊工具，就是掌上型吸塵器。

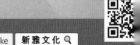

魔幻偵探所 48

魅影娃娃

作　　者：關景峰
繪　　圖：陳焯嘉
責任編輯：黃楚雨
美術設計：李成宇
出　　版：新雅文化事業有限公司
香港英皇道499號北角工業大廈18樓
電話：（852）2138 7998
傳真：（852）2597 4003
網址：http://www.sunya.com.hk
電郵：marketing@sunya.com.hk
發　　行：香港聯合書刊物流有限公司
香港荃灣德士古道220-248號荃灣工業中心16樓
電話：（852）2150 2100
傳真：（852）2407 3062
電郵：info@suplogistics.com.hk
印　　刷：中華商務彩色印刷有限公司
香港新界大埔汀麗路36號
版　　次：二〇二一年七月初版

ISBN：978-962-08-7796-4

18/F, North Point Industrial Building, 499 King's Road, Hong Kong
Published in Hong Kong, China
Printed in China